Rabindranath Tagore

Der König der dunklen Kammer

Outlook

Rabindranath Tagore

Der König der dunklen Kammer

1. Auflage | ISBN: 978-3-73262-551-2

Erscheinungsort: Frankfurt am Main, Deutschland

Erscheinungsjahr: 2018

Outlook Verlag GmbH, Frankfurt.

Rabindranath Tagore

Der König der dunklen Kammer

Outlook

RABINDRANATH TAGORE

DER KÖNIG
DER DUNKLEN
KAMMER

MÜNCHEN
KURT WOLFF VERLAG

Einzig autorisierte deutsche Ausgabe. Nach der
von Rabindranath Tagore selbst veranstalteten
englischen Ausgabe ins Deutsche übertragen von
Hedwig Lachmann und Gustav Landauer*

Das Recht der Aufführung ist zu erwerben durch
die Vereinigten Bühnenvertriebe: Drei Masken
Georg Müller * Erich Reiß * Kurt Wolff
Verlag, Berlin W 30

14.—18. Tausend
Copyright 1915 by Kurt Wolff Verlag, Leipzig
Gedruckt im Frühjahr 1921 bei Poeschel & Trepte in
Leipzig * Einbände von der Leipziger Buchbinderei A.-G.,
vorm. Gust. Fritzsche in Leipzig

.

PERSONEN

Der König

Königin Sudarschana

König von Kanya Kubja, ihr Vater

Avanti Koschala Kantschi Vidarbha Kalinga Pantschala Virat	Könige

Surangama Rohini	Ehrendamen der Königin

Virupakscha Vischu	Bürger

Janardan Kaundilya Bhavadatta	Reisende

Kumbha Madhav Vivajadatta	Landleute

Der Großvater

Der tolle Freund

Minister   Bote Türhüter

2

des Königs Kanya Kubja

Dienerin der Königin Sudarschana

Erster
Zweiter | Gärtner

Stadtwächter

Suvarna, der falsche König

Erster
Zweiter | Herold des „Königs"

Bürger, Landleute, Gärtner, Knaben

Reisende, Wachen.

.

4

I.

Eine Straße.

Etliche Reisende und ein Stadtwächter.

Erster Mann

He, Mann!

Stadtwächter

Was wollt ihr?

Zweiter Mann

Welchen Weg haben wir zu gehn? Wir sind hier fremd. Bitte, sage uns, welches die rechte Straße ist.

Stadtwächter

Wohin wollt ihr gehn?

Dritter Mann

Wo dieses große Fest stattfinden soll, weißt du. Welchen Weg gehen wir?

Stadtwächter

Eine Straße ist hier genau so gut wie die andre. Jede Straße wird euch hinführen. Geht geradeaus, und ihr könnt den Ort nicht verfehlen.

Ab.

Erster Mann

Hört nur, was der Narr sagt: „Jede Straße wird euch hinführen!" Was hätte das dann für einen Sinn, so viele Straßen zu haben?

Zweiter Mann

Du brauchst darüber nicht so außer dir zu sein, mein Lieber. Es steht einem Land frei, seine Sachen auf seine eigne Art einzurichten. Was Straßen betrifft in unserm Land — nun, so sind so gut wie keine vorhanden; enge, krumme Gäßchen, ein Labyrinth von Wagen- und Fußspuren. Unser König glaubt nicht an freie Fahrstraßen; er meint, so viele Straßen im Land, so viele Ausgänge für seine Untertanen, seinem Königreich zu entfliehen. Hier ist es gerade das Umgekehrte; niemand steht einem im Weg, niemand hat etwas dagegen, daß man anderswohin geht, wenn man Lust hat; und doch denken die Leute nicht daran, dieses Reich zu verlassen. Bei solchen Straßen wäre unser Land sicher in kürzester Frist entvölkert.

Erster Mann

Mein lieber Janardan, ich habe immer bemerkt, daß das ein großer Fehler an deinem Charakter ist.

Janardan

Was denn?

Erster Mann

Daß du immer auf dein Land sticheln mußt. Wie kannst du glauben, freie Landstraßen könnten für ein Land gut sein? Sieh einmal, Kaundilya, da ist ein Mann, der tatsächlich glaubt, freie Landstraßen seien die Rettung für ein Land.

Kaundilya

Nun, Bhavadatta, ich brauche wohl nicht erst von neuem festzustellen, daß Janardan mit einem merkwürdig schiefen Verstand gesegnet ist, der ihn sicher eines Tages in Gefahr bringen wird. Wenn der König von unserm werten Freund zu hören bekommt, wird er es ihm nicht gerade leicht machen, einen zu finden, der für sein Begräbnis sorgt, wenn er tot ist.

Bhavadatta

Man hat doch das Gefühl, daß das Leben in diesem Lande recht schwer sein muß; man vermißt die Freuden der Einsamkeit in diesen Straßen — dieses Drängen und Schulterstreifen mit fremden Menschen bei Tag und Nacht läßt einen nach einem Bad verlangen. Und mit was für einer Sorte Menschen mag man auf diesen öffentlichen Wegen zusammenkommen — puh!

Kaundilya

Und gerade Janardan hat uns überredet, in dieses kostbare Land zu kommen! Wir hatten nie einen Zweiten seines Schlages in unsrer Familie. Du hast meinen Vater natürlich gekannt; er war ein großer Mann, ein frommer Mann wie nur einer. Er verbrachte sein ganzes Leben innerhalb eines Kreises von 49 Ellen Radius, der mit peinlicher Befolgung der Gebote der heiligen Schriften gezogen war, und nie überschritt er diesen Kreis auch nur ein einziges Mal. Nach seinem Tode erhob sich eine ernsthafte Schwierigkeit — wie sollte man ihn innerhalb der Grenzen der 49 Ellen und doch außerhalb des Hauses verbrennen? Schließlich entschieden die Priester, daß wir zwar nicht über die Schriftzahl hinausgehen durften, daß es aber einen Weg aus der Schwierigkeit gab, die Ziffer umzukehren und 94 Ellen zu nehmen; nur so konnten wir ihn außerhalb des Hauses verbrennen, ohne die heiligen Bücher zu verletzen. Auf mein Wort, *das* war genaue Befolgung! Unser Land hat wirklich nicht leicht seinesgleichen.

6

Bhavadatta

Und doch will Janardan, der dem nämlichen Boden entstammt, uns weismachen, freie Landstraßen seien das beste für ein Land.

Die Fremden gehen ab.
Der Großvater mit einer Knabenschar tritt auf.

Großvater

Jungen, heute müssen wir es mit dem wilden Südwind aufnehmen — und wir wollen uns nicht schlagen lassen. Wir wollen singen, bis wir mit unsern Jubelliedern alle Straßen überflutet haben.

Lied

Das Südtor ist entriegelt. Komm, mein Frühling, komm!

Schwing' dich zum Schwung meines Herzens, komm, mein Frühling, komm!

Komm in den lispelnden Blättern, in den Blüten, die froh sich verschwenden;

Komm in den Flötenliedern und den sehnenden Seufzern der Wälder!

Laß dein loses Gewand wild flattern im trunkenen Wind! komm, mein Frühling, komm!

Ab.
Eine Schar von Bürgern tritt auf.

Erster Bürger

Schließlich kann man nur wünschen, daß der König sich wenigstens an diesem einen Tag hätte sehen lassen. Es ist doch sehr schade: man lebt in seinem Königreich und hat ihn noch nicht ein einziges Mal gesehen!

Zweiter Bürger

Kenntest du nur den wirklichen Sinn dieses Geheimnisses! Ich könnte ihn dir sagen, wenn du schweigen könntest.

Erster Bürger

Lieber Freund, wir wohnen beide im nämlichen Stadtviertel, aber hast du je gehört, daß ich irgend jemandes Geheimnis ausgeplaudert hätte? Natürlich, die Sache damals, als dein Bruder beim Graben eines Brunnens einen Schatz gefunden hatte — nun, du weißt ganz gut, warum ich darüber reden mußte. Du kennst den ganzen Zusammenhang.

Zweiter Bürger

Natürlich kenne ich ihn. Und weil ich ihn kenne, frage ich, könntest du schweigen? Weißt du, es könnte Verderben für uns alle bedeuten, wenn du ein einziges Mal davon sprächest.

Dritter Bürger

Du bist mir ein netter Mensch, Virupakscha! Warum brennst du darauf, ein Unheil herbeizuführen, das bis jetzt nur geschehen *kann*? Wer wird die Verantwortung auf sich nehmen wollen, dein Geheimnis sein ganzes Leben lang zu wahren?

Virupakscha

Es war nur, weil die Rede darauf kam — also gut, ich werde nichts sagen. Ich bin nicht der Mann, der unnütz redet. Ihr hattet selbst die Frage aufs Tapet gebracht, daß der König sich nie zeigt; und ich bemerkte bloß, es sei nicht umsonst, daß der König sich vor dem Blick der Öffentlichkeit verschließt.

Erster Bürger

Bitte, sag uns, warum, Virupakscha.

Virupakscha

Natürlich nehme ich keinen Anstand, es euch zu sagen — wir sind ja alle gute Freunde, nicht wahr? Das kann nicht gefährlich sein. (*Mit leiser Stimme:*) Der König — ist — häßlich —, so hat er den Entschluß gefaßt, sich seinen Untertanen nie zu zeigen.

Erster Bürger

Hah! Das ist es! Das muß es sein. Wir haben uns immer gewundert..., der bloße Anblick eines Königs läßt die Menschen in allen Ländern vor Furcht zittern wie Espenlaub; warum sollte da *unser* König sich von keinem sterblichen Auge je sehen lassen? Selbst wenn er nur herauskäme, um uns alle zum Galgen zu verdammen, könnten wir sicher sein, daß unser König kein Trug ist. Schließlich scheint mir Virupakschas Erklärung doch ganz einleuchtend.

Dritter Bürger

Nicht die Spur — ich glaube keine Silbe davon.

Virupakscha

Wie, Vischu, willst du sagen, ich wäre ein Lügner?

Vischu

Das gerade nicht — aber ich kann deine Theorie nicht annehmen. Entschuldige mich, ich kann nichts dafür, wenn ich ein bißchen grob und plump scheine.

Virupakscha

Kein Wunder, daß du an meine Worte nicht glauben kannst — wo du dich weise genug dünkst, die Meinungen deiner Eltern und Oberen zu verwerfen. Wie lange, glaubst du, hättest du in diesem Lande bleiben dürfen, wenn der König nicht im Verborgenen bliebe? Du bist nicht besser als ein offenkundiger Ketzer.

Vischu

Mein lieber Pfeiler der Rechtgläubigkeit! Glaubst du, irgendein anderer König hätte gezögert, dir die Zunge abschneiden und sie den Hunden zum Fraß vorwerfen zu lassen? Und du hast die Stirne, zu sagen, unser König wäre den Augen ein Greuel?

Virupakscha

Hör einmal, Vischu, willst du deine Zunge im Zaum halten?

Vischu

Man braucht wohl nicht erst festzustellen, wessen Zunge einen Zaum braucht.

Erster Bürger

Jetzt wird die Sache gefährlich. Da mache ich lieber nicht mit.

Ab.

Eine Zahl Männer tritt auf, die in lärmendem Übermut *Großvater* mit sich schleppen.

Zweiter Bürger

Großpapa, etwas fällt mir heute auf...

Großvater

Was ist es?

Zweiter Bürger

Dies Jahr hat jedes Land seine Leute zu unserm Fest entsandt, doch jedweder fragt: „Alles ist reizend und schön — wo aber ist euer König?" und wir wissen nicht, was wir antworten sollen. Das ist die eine große Lücke, die sich jedem in unserm Lande fühlbar machen muß.

Großvater

„Lücke", sagst du! Wie, das ganze Land ist ganz erfüllt und geladen und gestopft voll von dem König: und du nennst ihn eine „Lücke"! Wie, er hat jeden einzigen unter uns zum gekrönten König gemacht!

Gesang

Wir sind alle Könige im Königreich unsres Königs.

Wär es nicht so, wie könnten wir hoffen, im Herzen ihm zu begegnen!

Wir tun, was wir wollen, und tun doch, was er will;

Nicht als furchtgefesselte Sklaven liegen wir ihm zu Füßen.

Wär es nicht so, wie könnten wir hoffen, im Herzen ihm zu begegnen!

Unser König ehrt jedweden von uns, und dadurch ehrt er sich selbst.

Keine Armseligkeit kann uns für immer umschließen mit ihren Wällen der Lüge.

Wär es nicht so, wie könnten wir hoffen, im Herzen ihm zu begegnen!

Wir bahnen uns mühsam den eigenen Pfad und erreichen so seinen am Ende.

Wir können nimmer verlorengehn im Abgrund der dunklen Nacht.

Wär es nicht so, wie könnten wir hoffen, im Herzen ihm zu begegnen!

Dritter Bürger

Aber wirklich, ich kann die sinnlosen Sachen nicht mit anhören, die die Leute über unsern König sagen, bloß weil er sich nicht öffentlich zeigt.

Erster Bürger

Stellt euch nur vor! Jeder, der mich beleidigt, kann bestraft werden, während niemand einem Schuft den Mund stopfen kann, dem es einfällt, auf den König zu schimpfen.

Großvater

Der Schimpf kann den König nicht treffen. Mit einem bloßen Hauch kannst du die Flamme ausblasen, die eine Lampe von der Sonne borgt, aber wenn auch die ganze Welt versuchte, die Sonne auszublasen, bliebe ihr strahlender Glanz unverdunkelt und ungeschwächt wie zuvor.

Vischu und Virupakscha treten auf.

Vischu

Da ist der Großvater! Hör doch, dieser Mann geht herum und erzählt jedem, unser König käme nicht heraus, weil er häßlich wäre.

Großvater

Aber warum macht dich das ärgerlich, Vischu? *Sein* König muß häßlich sein, denn wie könnte sonst Virupakscha in seinem Königreich so ein Gesicht haben? Er formt seinen König nach seinem Bilde, wie er es im Spiegel sieht.

Virupakscha

Großvater, ich will keine Namen nennen, aber keinem würde es einfallen, dem nicht zu glauben, der mir die Neuigkeit anvertraute.

Großvater

Bist du selbst denn nicht die beste Autorität?!

Virupakscha

Aber ich könnte dir Beweise geben...

Erster Bürger

Die Unverschämtheit dieses Burschen kennt keine Grenzen! Nicht zufrieden, mit dreister Stirn ein abscheuliches Gerücht zu verbreiten, will er seine Lügen mit Frechheit aufwägen.

Zweiter Bürger

Warum nehmen wir ihm nicht in ganzer Länge das Maß hier am Boden?

Großvater

Warum so hitzig, Freunde? Der arme Kerl feiert sein Fest auf seine Art, indem er die Häßlichkeit seines Königs besingt. Geh nur, Virupakscha, du wirst eine Menge Leute finden, die bereit sind, dir zu glauben! Viel Glück in ihrer Gesellschaft.

Sie gehen ab.

Die *Gesellschaft der Fremden* tritt wieder auf.

Bhavadatta

Mir kommt der Gedanke, Kaundilya, daß dieses Volk überhaupt keinen König hat. Sie haben es irgendwie zuwege gebracht, das Gerücht in Umlauf zu halten.

Kaundilya

Ich glaube, du hast recht. Wir wissen alle, daß das Höchste, was einem in jedem Lande ins Auge fällt, der König ist, der natürlich keine Gelegenheit versäumt, sich sehen zu lassen.

Janardan

Aber seht die gute Zucht und Ordnung, die in dem ganzen Orte herrscht — wie erklärst du das ohne einen König?

Bhavadatta

So, das ist also die Weisheit, zu der du gekommen bist, und hast so lange unter einem Herrscher gelebt? Wozu brauchte man einen König, wenn man schon Zucht und Ordnung hätte?

Janardan

All diese Menschen sind versammelt, um auf diesem Fest froh zu sein. Meinst du, sie könnten dergestalt in einem Lande der Anarchie zusammen kommen?

Bhavadatta

Mein lieber Janardan, du umgehst, wie gewöhnlich, worum es sich in Wirklichkeit handelt. Was Zucht und Ordnung anlangt, da gibt es keine Frage und auch die Festesfreude ist klar genug: soweit besteht keine Schwierigkeit. Aber wo ist der König? Hast du ihn gesehen? Das mußt du uns sagen.

Janardan

Was ich zu sagen habe, ist dieses: man weiß aus Erfahrung, daß Chaos und Anarchie sein kann, selbst wo ein König da ist: aber was sehen wir hier?

Kaundilya

Immer kommst du mit deinen Ausflüchten. Warum kannst du nicht auf Bhavadattas Frage eine gerade Antwort geben — Hast du den König gesehen, oder hast du ihn nicht gesehen! Ja oder nein?

Sie gehen ab.

Eine Schar von Männern tritt auf und singt.

Lied

Mein Geliebter ist nimmer in meinem Herzen,

Darum erblick ich ihn allüberall,

Er wohnt in der Tiefe meiner Augen,

Darum erblick ich ihn allüberall.

Ich wanderte weit, seine Worte zu hören,

Ach, aber vergebens!

Als ich heimkam, hörte ich sie

In meinen eigenen Liedern.

Wer bist du und suchst ihn wie ein Bettler von Tür zu Tür!

Komm an mein Herz und erblicke sein Antlitz in den Tränen meiner
    Augen!

Herolde und *Leibwächter* des *Königs* treten auf.

Erster Herold

Platz da! Räumt die Straße, allesamt!

Erster Bürger

Oho, Mann, wofür hältst du dich? Angeboren scheint dir dieser stolze Schritt nicht gerade zu sein, mein Freund. — Warum Platz da, werter Herr? Warum sollen wir von der Stelle weichen? Sind wir Straßenhunde, oder was sonst?

Zweiter Herold

Der König kommt dieses Wegs.

Zweiter Bürger

König? Was für ein König?

Erster Herold

Unser König, der König dieses Landes.

Erster Bürger

Wie, ist der Bursche toll? Wer hat je gehört, daß unser König herauskam und sich solche Schreier zu Herolden wählte.

Zweiter Herold

Der König will sich nicht länger seinen Untertanen entziehen. Er kommt, um das Fest selbst zu leiten.

Zweiter Bürger

Bruder, verhält sich das so?

Zweiter Herold

Sieh hin, dort flattert sein Banner.

Zweiter Bürger

Ah, wirklich, das ist eine Fahne.

Zweiter Herold

Siehst du die rote *Kimschuk*-Blüte darauf gemalt?

Zweiter Bürger

Ja, ja, es ist wirklich der *Kimschuk*! — welch strahlende Scharlachblüte!

Erster Herold

Nun also, glaubst du uns nun?

Zweiter Bürger

Ich hab nie gesagt, ich glaubte euch nicht. Der Bursche da, Kumbha, hat den ganzen Lärm angefangen. Hab ich ein Wort gesagt?

Erster Herold

Einen dicken Bauch hat er ja, aber innen ist er vielleicht ganz leer; du weißt, ein leerer Topf dröhnt am lautesten.

Zweiter Herold

Was ist das für einer? Ist er irgendwie mit euch verwandt?

Zweiter Bürger

Ganz und gar nicht. Er ist nur eben ein Vetter vom Schwiegervater unsres Dorfschulzen, und er wohnt nicht einmal im selben Teil unsres Dorfes wie wir.

Zweiter Herold

Aha! so sieht er auch aus! Wie der Vetter siebenten Grades von irgend jemandes Schwiegervater, und sein Verständnis scheint auch den Stempel der Schwiegeronkelschaft zu tragen.

Kumbha

Ach, liebe Freunde, manch bitterer Kummer hat meinem armen Geist einen Stoß versetzt, bis er so geworden ist. Erst unlängst kam ein König und prunkte in den Straßen und sandte so viele Titel vor sich her wie Trommeln, die durch ihren Lärm den Aufenthalt in der Stadt unerträglich machten... Was tat ich nicht alles, um ihm zu dienen und zu Gefallen zu sein! Ich überschüttete ihn mit Geschenken, ich hing mich an ihn wie ein Bettler — und schließlich fand ich den Druck auf meine Einnahmen zu schwer zu tragen. Aber was war das Ende der ganzen Pracht und Majestät? Als man ihm mit Gesuchen und Bitten nahte, da konnte er im Kalender keinen einzigen günstigen Tag entdecken: obschon alle Tage rot angestrichen waren, wenn *wir* unsre Steuern zu zahlen hatten!

Zweiter Herold

Willst du etwa zu verstehen geben, unser König wäre ein falscher König wie der, den du beschrieben hast?

Erster Herold

Herr Schwiegeronkel, ich glaube, es ist an der Zeit für dich, dem Schwiegertantchen Adieu zu sagen.

Kumbha

Bitte, ihr Herren, seid nicht böse. Ich bin ein armes Geschöpf — ich bitte ergebenst um Entschuldigung, ihr Herren: ich will alles dazu tun. Ich bin gern bereit, so weit weg zu gehen, wie es euch beliebt.

Zweiter Herold

Schon recht, kommt hierher und bildet Spalier. Der König wird gleich kommen — wir wollen gehen und ihm den Weg bereiten.

Sie gehen weiter.

Zweiter Bürger

Mein lieber Kumbha, deine Zunge wird noch einmal dein Tod sein.

Kumbha

Freund Madhav, es ist nicht meine Zunge, es ist Schicksal. Als der falsche König auftrat, sagte ich kein einziges Wort, obwohl mich das nicht abhielt, mit dem ganzen Selbstvertrauen der Unschuld über meine eigenen Füße zu stolpern. Und jetzt, wo vielleicht der wirkliche König gekommen ist, muß ich glattweg Hochverrat in den Tag reden. Es ist Schicksal, lieber Freund!

Madhav

Mein Grundsatz ist, dem König immer zu gehorchen — es macht nichts aus, ob er ein echter oder falscher ist. Was wissen wir von Königen, daß wir über sie urteilen sollten! Es ist gerade, wie wenn man im Dunkeln Steine wirft — man ist fast sicher, sein Ziel zu treffen. Ich gehorche immerzu und huldige — ist es ein richtiger König, gut und schön; wenn nicht, was schadet es?

Kumbha

Mir wäre es schon einerlei, wenn die Steine nichts weiter als Steine wären. Aber es sind oft kostbare Sachen: hier, wie sonstwo, führt uns Verschwendung schließlich zu Armut, mein Freund.

Madhav

Da sieh! Da kommt der König! Ah, ein König wahrhaftig! Was für eine Gestalt, was für ein Gesicht! Wer hat je solch eine Schönheit gesehen — weiß wie eine Lilie und sanft wie ein Pfirsich! Wie nun, Kumbha? Was meinst du nun?

Kumbha

Er sieht schon recht aus — ja, soviel ich beurteilen kann, mag er schon der rechte König sein.

Madhav

Er sieht aus, als wäre er fürs Königsein gegossen und geschnitzt, diese Gestalt ist zu zart und erlesen für das gemeine Licht des Tages.

Madhav

Heil und Sieg geleite dich, o König! Wir stehen hier seit dem frühen Morgen, um dich zu Gesicht zu bekommen. Ew. Majestät zu Gnaden, vergeßt uns nicht!

Kumbha

Das Geheimnis wird tiefer. Ich will gehen und Großvater holen.

Erster Mann

Der König, der König! Kommt her, schnell, der König geht dieses Wegs.

Zweiter Mann

Vergiß mich nicht, o König! Ich bin Vivajadatta, der Enkel Udayadattas von Kushalivastu. Ich bin auf die erste Kunde, daß du kämest, hierher geeilt — ich hielt nicht an, um zu hören, was die Leute sagten: all die Untertanentreue in mir neigte sich dir zu, o Monarch, und brachte mich her.

Dritter Mann

Unsinn! Ich bin früher hier gewesen als du — vor dem Hahnenschrei. Wo stecktest du denn da? O König, ich bin Bhadrasena, von Vikramasthali. Geruhe, deinen Diener in deinem Gedächtnis zu bewahren!

König

Ich bin sehr befriedigt von eurer Treue und Ergebenheit.

Vivajadatta

Majestät, groß ist die Zahl der Klagen und Beschwerden, die wir dir vorzutragen haben: an wen hätten wir uns so lange mit unsern Gesuchen wenden sollen, solange wir deiner erhabenen Gegenwart nicht nahen durften?

König

All euren Beschwerden soll abgeholfen werden.

Erster Mann

Es führt zu nichts, uns hinten herumzudrücken, Jungen — der König wird uns aus den Augen verlieren, wenn wir uns in den Pöbel mischen.

Zweiter Mann

Seht einmal, was der Narr Narottam dort tut! Er hat sich durch uns alle hindurchgedrängt und fächelt jetzt dem König eifrig mit einem Palmblatt Kühlung zu!

Madhav

Wahrhaftig! Nun, nun, die Dreistigkeit dieses Menschen nimmt einem den Atem.

Zweiter Mann

Wir sollten den Kerl anpacken und von der Stelle schaffen — ist er berufen, neben dem König zu stehen?

Madhav

Bildest du dir ein, der König durchschaut ihn nicht? Seine Untertänigkeit ist doch ein bißchen zu dick aufgetragen.

Erster Mann

Unsinn! Könige können Heuchler nicht wittern wie unsereins — es sollte mich nicht wundern, wenn der König sich von dem unermüdlichen Fächeln dieses Narren einfangen ließe.

Kumbha und Großvater treten auf.

Ich sage dir — er ist jetzt eben durch diese Straße gekommen.

Großvater

Ist das ein ganz unfehlbarer Beweis seines Königtums?

Kumbha

O nein, aber alle haben ihn gesehen! Nicht einer oder zwei, sondern Hunderte und Tausende auf beiden Seiten der Straße haben ihn mit eigenen Augen gesehen.

Großvater

Das eben macht die ganze Sache verdächtig. Wann wäre *unser* König je drauf ausgegangen, die Augen des Volks durch Pomp und Gepränge zu blenden? Er ist nicht der König, solch einen Spektakel zu erregen, wenn er durch das Land reist.

Kumbha

Aber es mag ihm beliebt haben, es bei dieser wichtigen Gelegenheit zu tun: das kann man nicht sicher wissen.

Großvater

O ja, man kann! Mein König kennt keine Wetterfahnenlaune und neigt nicht zu phantastischen Einfällen.

Kumbha

Aber Großvater, ich wollte nur, ich könnte ihn dir beschreiben! So sanft, so zart und fein wie eine Wachspuppe! Als ich ihn sah, verlangte es mich, ihn vor der Sonne zu schirmen, ihn mit meinem ganzen Leibe zu schützen.

Großvater

Ach, du Narr, du kostbarer Esel, der du bist! *Mein* König eine Wachspuppe, und *du* ihn schützen!

Kumbha

Aber im Ernst, Großpapa, er ist ein herrlicher Gott, ein Wunder an Schönheit: ich finde keine einzige Gestalt in dieser weiten Versammlung, die neben seiner unvergleichlichen Lieblichkeit bestehen könnte.

Großvater

Wenn es meinem König beliebte, sich zu zeigen, würden deine Augen ihn nicht bemerken. Er würde nicht dergestalt über die andern hervorragen — er ist einer aus dem Volk, er mischt sich unter den gemeinen Pöbel.

Kumbha

Aber sagte ich dir nicht, daß ich sein Banner gesehen habe?

Großvater

Was für ein Zeichen trug sein Banner?

Kumbha

Es war eine rote *Kimschuk*-Blüte darauf gemalt — das hell leuchtende Rot blendete meine Augen.

Großvater

Mein König führt einen Donnerkeil in einem Lotus in seinem Banner.

Kumbha

Aber alle sagen sie, der König sei zu diesem Feste gekommen: *alle*.

Großvater

Gewiß ist er das: aber er hat keine Herolde, kein Heer, kein Gefolge, keine Musikbanden und keine Laternen, die ihn begleiten.

Kumbha

So könnte ihn, scheint's, niemand in seinem Inkognito erkennen.

Großvater

Vielleicht gibt es ein paar, die es können.

Kumbha

Und die ihn erkennen — gewährt ihnen der König alles, was sie begehren?

Großvater

Aber sie begehren nie etwas. Kein Bettler wird je den König kennen. Der größere Bettler sieht in den Augen des kleineren Bettlers wie ein König aus. O Narr, der Mann, der heute auf die Straße gegangen ist, in Purpur und Gold angetan, um dich anzubetteln — ihn posaunst du als deinen König aus! ... Ah, da kommt mein toller Freund! O kommt, meine Brüder! wir dürfen den Tag nicht mit eitlem Streiten und Schwatzen verbringen — geben wir uns jetzt toller Lustbarkeit, wildem Entzücken hin!

Der tolle Freund tritt auf, singend.

Lächelt ihr, Freunde? Lacht ihr, Brüder? Ich streife herum und suche den goldenen Hirsch! Ja, ach ja, ich schaue den Leichtfuß, und immer entwischt er mir!

Oh, er flitzt und blinkt wie ein Blitz und schon ist er weg, der wilde Waldvagabund! Nahe dich ihm, und im Nu ist er fern; ein Gewölk von Dunst und Staub bleibt dir zurück! Doch streif ich herum und suche den goldenen Hirsch, wenn ich ihn nimmer auch fangen mag in dieser Wildnis! Oh, ich streife und wandre durch Wälder und Felder und namenlose Gefilde wie ein rastloser Landstreicher und denk nicht an Umkehr.

Ihr alle kommt zum Kauf auf den Markt und kehrt heim mit Waren und Vorrat beladen: mich aber haben die wilden Winde aus unerklimmbaren Höhen gestreift und geküßt; ich weiß nicht wann und wo.

All meine Habe hab ich von mir geworfen, um zu erlangen, was nie mein worden ist! Und ihr wähnt, mein Klagen und meine Tränen gelten den Dingen, die so ich verlor!

Mit Lachen und Singen im Herzen hab ich Kummer und Gram weit hinten gelassen: Oh, ich streife und wandre durch Wälder und Felder und namenlose Länder — und denk nicht daran, meine Fahrt zu enden.

．

II.

Sudarschana

Licht, Licht! Wo ist Licht? Wird in diesem Gemach nie die Lampe entzündet werden?

Surangama

Meine Königin, all deine andern Gemächer sind erleuchtet — will es dich nie verlangen, aus dem Licht in einen dunkeln Raum wie diesen zu entrinnen?

Sudarschana

Aber warum soll dieser Raum dunkel gehalten werden?

Surangama

Weil du sonst weder Licht noch Dunkelheit kennen würdest.

Sudarschana

Durch deinen Aufenthalt in dieser dunklen Kammer bist du dazu gekommen, dunkel und seltsam zu reden — ich kann dich nicht verstehen, Surangama. Sag mir aber, in welchem Teil des Palastes liegt dies Gemach? Ich kann weder den Eingang zu dieser Kammer erkennen noch den Weghinaus.

Surangama

Diese Kammer liegt tief drunten, ganz im Herzen der Erde. Der König hat dies Gemach eigens um deinetwillen gebaut.

Sudarschana

Nun, er hat doch keinen Mangel an Gemächern — warum brauchte er diese dunkle Kammer eigens für mich machen lassen?

Surangama

Du kannst andre in den hellen Zimmern empfangen: doch deinen Herrn nur in diesem dunklen Gemach.

Sudarschana

Nein, nein — ich kann nicht leben ohne Licht — ich habe keine Ruhe in dieser erstickenden Finsternis. Surangama, wenn du ein Licht in diese Kammer bringen kannst, schenke ich dir mein Halsband hier.

Surangama

Es steht nicht in meiner Macht, o Königin. Wie kann ich Licht an einen Ort bringen, den er immer im Dunkel gehalten haben will!

Sudarschana

Seltsame Treue! Und doch — ist es nicht wahr, daß der König deinen Vater bestraft hat?

Surangama

Ja, das ist wahr. Mein Vater hatte sich dem Spiel ergeben. Alle jungen Leute des Landes pflegten in meines Vaters Haus zusammen zu kommen — und da tranken sie immer und spielten.

Sudarschana

Und gab es dir nicht die Empfindung bitterer Bedrückung, als der König deinen Vater in die Verbannung schickte?

Surangama

Oh, es machte mich ganz rasend. Ich war auf dem Weg zu Untergang und Vernichtung: als diese Bahn mir verschlossen war, schien ich mir ohne irgendeine Hilfe zurückgeblieben, ohne Beistand noch Schutz. Ich raste und tobte wie ein wildes Tier im Käfig — wie verlangte es mich alles in Stücke zu zerreißen in meiner ohnmächtigen Wut!

Sudarschana

Aber wie kamst du zu dieser Hingebung an eben den nämlichen König?

Surangama

Wie kann ich es sagen? Vielleicht faßte ich Vertrauen zu ihm, gerade *weil* er so hart, so unbarmherzig war!

Sudarschana

Wann trat dieser Stimmungswechsel ein?

Surangama

Das könnte ich nicht sagen — ich weiß das selbst nicht. Es kam ein Tag, wo all der Aufruhr in mir sich geschlagen gab, und dann beugte sich meine ganze Natur in demütiger Ergebung in den Staub der Erde. Und dann sah ich ... ich sah, daß er an Schönheit ebenso ohnegleichen war wie an Schrecknis. Oh, ich war gerettet, ich war erlöst.

Sudarschana

Sage mir, Surangama, ich flehe dich an, willst du mir nicht sagen, wie der König aussieht? Ich habe ihn noch nicht ein einziges Mal gesehen. Er kommt zu mir in Dunkelheit, und läßt mich wieder in diesem dunklen Gemach zurück. Wie viele Menschen habe ich nicht gefragt — aber sie geben alle unbestimmte und dunkle Antworten — es scheint mir, daß sie alle mit etwas zurückhalten.

Surangama

Die Wahrheit zu sagen, Königin, so könnte ich nicht gut angeben, wie er aussieht. Nein — er ist nicht, was man schön nennt.

Sudarschana

Das ist doch wohl nicht dein Ernst? Nicht schön!

Surangama

Nein, meine Königin, er ist nicht schön. Ihn schön zu nennen, wäre viel zu wenig von ihm gesagt.

Sudarschana

So sind all deine Worte — dunkel, seltsam und unbestimmt. Ich kann nicht verstehen, was du meinst.

Surangama

Nein, ich will ihn n i c h t schön nennen. Und eben weil er nicht schön ist, ist er so herrlich, so wunderbar!

Sudarschana

Ich verstehe dich nicht ganz — obwohl ich dich gern von ihm reden höre. Aber ich muß ihn um jeden Preis sehen. Ich besinne mich nicht einmal auf den Tag, wo ich ihm angetraut wurde. Ich hörte Mutter sagen, daß vor meiner Hochzeit ein weiser Mann kam und sagte: „Der eure Tochter ehelichen will, ist ohnegleichen auf dieser Erde." Wie oft habe ich sie gebeten, mir sein Äußeres zu beschreiben, aber sie antwortet nur unbestimmt und sagt, sie kann es nicht sagen — sie sah ihn durch einen Schleier, schwach und dunkel. Aber wenn er der beste der Menschen ist, wie kann ich stillsitzen, ohne ihn gesehen zu haben.

Surangama

Spürst du nicht ein leises Lüftchen wehen?

Sudarschana

Ein Lüftchen? Wo?

Surangama

Merkst du nicht einen leisen Duft?

Sudarschana

Nein!

Surangama

Das große Tor hat sich geöffnet ... er kommt; mein König naht.

Sudarschana

Wie kannst du es merken, wenn er kommt?

Surangama

Ich kann's nicht sagen: mir ist, als hörte ich seine Tritte in meinem Herzen. Da ich die Magd seiner dunklen Kammer bin, habe ich einen Sinn entwickelt — ich kann erkennen und fühlen, ohne zu sehen.

Sudarschana

Ich wollte, ich hätte diesen Sinn auch, Surangama!

Surangama

Du wirst ihn bekommen, o Königin ... dieser Sinn wird in dir eines Tages erwachen. Deine Sehnsucht, ihn zu sehen, raubt dir die Ruhe, und darum ist all dein Sinn gespannt und in die falsche Richtung gelenkt. Wenn du diesen Zustand fieberhafter Ruhelosigkeit hinter dir hast, wird alles ganz leicht werden.

Sudarschana

Wie kommt das, daß es dir, der Magd, so leicht ist, und mir, der Königin, so schwer?

Surangama

Eben weil ich eine bloße Magd bin, hemmt mich keine Schwierigkeit. Als er am ersten Tag dies Gemach meiner Obhut vertraute und sagte: „Surangama, du wirst diese Kammer immer für mich in Bereitschaft halten, das ist deine ganze Aufgabe", da sagte ich nicht, nicht einmal in Gedanken: „Oh, gib mir die Arbeit derer, die für das Licht in den andern Gemächern sorgen." Nein, sondern sowie ich all meinen ganzen Sinn auf diese Aufgabe richtete, erwachte eine Gewalt in mir und wuchs und wurde ohne Widerstand Herr über jeden Teil von mir ... Oh, da kommt er!... er steht draußen, vor der Tür. Herr! O König!

Gesang von außen

Öffne die Tür. Ich warte.

Die Fähre des Lichts von Dämmrung zu Dunkel ist ruhen gegangen,

Der Abendstern steht am Himmel.

Hast du Blumen bereit, das Haar dir geflochten,

Umfließt dich weiß dein Kleid zur Nacht?

Das Vieh kam heim in den Pferch und die Vögel in ihre Nester.

Die wirr sich kreuzenden Pfade sind in Dunkel getaucht.

Öffne die Tür. Ich warte.

Surangama

O König, wer kann deine eignen Tore vor dir versperrt halten? Sie sind nicht geschlossen oder verriegelt — sie werden sich weit aufschwingen, wenn du sie nur mit dem Finger berührst. Willst du sie nicht nur ein wenig berühren? Willst du nicht eintreten, bis ich gehe und die Tore öffne?

Gesang

Mit einem Hauch kannst du meine Schleier lüften, Herr!

Wenn ich im Staub entschlafe und deinen Ruf nicht höre, würdest du warten, bis ich erwache?

Würde die Erde nicht beben unter dem donnernden Rad deines Streitwagens?

Würdest du nicht das Tor zertrümmern und ungebeten eingehn in dein eigenes Haus?

Dann geh du, o Königin, und öffne die Tür für ihn: er wird sonst nicht eintreten.

Sudarschana

Ich sehe nichts deutlich im Dunkel — ich weiß nicht, wo die Tür ist. Du kennst hier alles — geh und öffne die Tür für mich.

Surangama öffnet die Tür, verbeugt sich tief vor dem König und geht hinaus. Der König bleibt während dieses ganzen Stückes unsichtbar.

Sudarschana

Warum erlaubst du mir nicht, dich im Licht zu sehen?

König

So willst du mich zwischen tausend Dingen im hellen Tageslicht sehen! Warum sollte ich nicht das einzige sein, was du in dieser Dunkelheit fühlen kannst?

Aber ich *muß* dich sehen — mich verlangt es brennend nach deinem Anblick.

König

Du wirst nicht imstande sein, meinen Anblick zu ertragen — er wird dir nur Qual bereiten, brennend heiße Qual.

Sudarschana

Wie kannst du sagen, daß ich deinen Anblick nicht zu ertragen vermöchte! Oh, ich kann schon in diesem Dunkel fühlen, wie lieblich und wunderbar du bist: warum sollte ich im Licht vor dir erschrecken? Aber sage mir, kannst du mich im Dunkel sehen?

König

Ja, ich sehe dich.

Sudarschana

Was siehst du?

König

Ich sehe, daß die Dunkelheit der unendlichen Himmel, ins Dasein geschleudert durch die Gewalt meiner Liebe, das Licht von Sternenmyriaden in sich gesogen und sich verkörpert hat in einer Gestalt von Fleisch und Blut. Und in dieser Form, was für Äonen von Denken und Ringen, was für ungezählte Sehnsüchte grenzenloser himmlischer Räume, welche Fülle der Gaben aus dem Meer der Zeiten!

Sudarschana

Bin ich so wunderbar, bin ich so schön? Höre ich dich so reden, so schwillt mein Herz von Freude und Stolz. Aber wie kann ich die wundervollen Dinge glauben, die du mir sagst? Ich kann sie in mir nicht finden!

König

Dein eigener Spiegel kann sie nicht wiedergeben — er setzt dich herab, beschränkt dich, läßt dich klein und unbedeutend erscheinen. Doch könntest du dich in meinem Geist gespiegelt sehen, wie groß erschienest du! In meinem Herzen bist du nicht mehr das alltägliche Einzelwesen, das du zu sein meinst — du bist in Wahrheit mein andres Ich.

Sudarschana

Oh, zeig' mir für einen Augenblick, wie man mit deinen Augen sieht! Gibt es für dich gar nichts wie Dunkelheit? Ich fürchte mich, wenn ich daran denke. Diese Dunkelheit, die für mich wirklich und stark wie der Tod ist — ist sie für dich einfach nichts? Wie kann dann überhaupt eine Gemeinschaft zwischen uns sein, an einem Ort wie diesem? Nein, nein — es ist unmöglich: es besteht eine Schranke zwischen uns beiden: nicht hier, nein, nicht an diesem Ort. Ich muß dich finden und sehen, wo ich Bäume und Tiere, Vögel und Steine und die Erde sehe —

König

Nun gut, du kannst versuchen, mich zu finden — aber niemand wird mich dir weisen. Du wirst mich erkennen müssen, wenn du kannst, du selbst. Und selbst wenn jemand sich anheischig macht, mich dir zu zeigen, wie kannst du gewiß sein, daß er die Wahrheit sagt?

Sudarschana

Ich werde dich kennen; ich werde dich wiedererkennen. Ich werde dich aus einer Million Menschen herausfinden. Ich kann mich nicht irren.

König

Gut also, heute nacht, während des Frühlingsvollmondfestes, magst du versuchen, mich von dem hohen Turm meines Palastes aus herauszufinden — suche nach mir mit deinen eigenen Augen unter der Volksmenge.

Sudarschana

Wirst du unter ihr sein?

König

Ich werde mich wieder und wieder zeigen, überall unter der Menge. Surangama!

Surangama kommt herein.

Surangama

Was gebietest du, Herr?

König

Heute nacht ist das Frühlingsvollmondfest.

Surangama

Was soll ich heute nacht tun?

König

Heute ist ein Festtag, kein Werktag. Die Lustgärten stehen in voller Blüte — du wirst da an meinem Feste teilnehmen.

Surangama

Ich werde tun, was du wünschest, Herr.

König

Die Königin will mich heute nacht mit ihren eigenen Augen sehen.

Surangama

Wo soll die Königin dich sehen?

König

Wo die Musik am süßesten spielt, wo die Luft von Blütenstaub schwer ist —
dort im silbernen Hain voll weichem Dämmerlicht.

Surangama

Was kann dort, wo Dunkel und Licht Versteck spielen, zu sehen sein? Dort ist
der Wind wild und ruhlos, alles ist Tanz und rasche Bewegung — wird es die
Augen nicht verwirren?

König

Die Königin ist neugierig, mich herauszufinden.

Surangama

Die Neugier wird enttäuscht und in Tränen heimkehren!

Gesang

Ach, sie lüstet's zu fliegen, die ruhlosen schweifenden Augen, die wilden
    Vögel des Waldes!

Doch die Zeit der Ergebung wird für sie kommen, zu Ende ihr Hin- und
    Herflug, wenn

Die Zaubermusik sie verfolgt und ihre Herzen durchbohrt.

Ach, die wilden Vögel verlangt's zu entflieh'n in die Wildnis!

·

III.

Es treten auf Avanti, Koschala, Kantschi und andere Könige.

Avanti

Wird der König dieses Ortes uns nicht empfangen?

Kantschi

Was ist das für eine Art, ein Land zu regieren? Der König hält ein Fest in einem Wald, wo selbst das niedrigste und gemeinste Volk ungehindert Zutritt hat!

Koschala

Wir hätten wohl Anspruch auf einen besonders für uns reservierten und zu unserem Empfang hergerichteten Platz.

Kantschi

Wenn er einen solchen Platz nicht vorbereitet hat, werden wir ihn zwingen, einen für uns errichten zu lassen.

Koschala

All das macht natürlich zweifelhaft, ob dieses Volk überhaupt einen König hat — es sieht aus, als ob ein unbegründetes Gerücht uns irregeführt hätte.

Avanti

Das mag sein, was den König angeht, aber Sudarschana, die Königin dieses Orts, ist durchaus kein unbegründetes Gerücht.

Koschala

Nur um ihretwillen hatte ich überhaupt Lust, hierher zu kommen. Es liegt mir nichts daran, jemanden zu sehen, der sich nie sehen läßt, aber es wäre ein törichter Fehler, wenn wir fortgingen, ohne das Wesen gesehen zu haben, um dessentwillen sich eine Reise im höchsten Grade lohnt.

Kantschi

Laßt uns denn einen bestimmten Plan entwerfen.

Avanti

Ein Plan ist ein treffliches Ding, solange man sich nicht selbst darein verwickelt.

28

Kantschi

Zum Henker, was ist das für ein Geschmeiß, das dort herumschwärmt? He! wer seid ihr?

Großvater und die Knaben treten auf.

Großvater

Wir sind die lustige Schar der Habenichtse.

Avanti

Die Einführung war überflüssig. Aber ihr werdet euch etwas weiter zurückziehen und uns in Frieden lassen.

Großvater

Wir leiden nie unter Mangel an Raum: wir können es uns leisten, euch einen so weiten Spielraum zu lassen, wie euch beliebt. Das Wenige, das uns genügt, ist nie der Zankapfel zwischen streitenden Parteien. Nicht wahr, meine kleinen Freunde?

Sie singen.

Gesang

Wir sind die Habenichtse, fürwahr, wir haben gar nichts!

Wir singen lustig trallerala! trallerala!

's gibt Leute, die bauen sich hohe Mauern aus Häusern

Auf Sümpfen mit goldenem Sand.

Wir stellen uns vor sie und singen

Trallerala! trallerala!

Taschendiebe kreisen um uns

Und ehren uns mit lüsternen Blicken.

Wir schütteln die leeren Taschen und singen

Trallerala! trallerala!

Schleicht der Tod, der alte Knochenmann, vor unsre Tür,

Wir schlagen ihm lachend ein Schnippchen,

Und singen im Chor mit fröhlichen Trillern

Trallerala! trallerala!

Kantschi

Sieh da drüben hin, Koschala, was sind das für Leute, die da des Weges kommen? Eine Pantomime? Der eine hat sich als König maskiert.

Koschala

Der König dieses Orts mag alle diese Narrenspossen dulden, wir aber werden dagegen einschreiten.

Avanti

Es ist vielleicht ein Häuptling vom Lande.

Wachen zu Fuß treten auf.

Kantschi

Aus welchem Land stammt euer König?

Erster Soldat

Er ist der König dieses Landes. Er rüstet sich, das Fest zu leiten.

Sie gehen weiter.

Koschala

Wie, der König dieses Landes kommt zum Fest!

Avanti

Wahrhaftig! Dann werden wir uns mit seinem Anblick begnügen und umkehren müssen — ohne die reizvolle Königin gesehen zu haben.

Kantschi

Glaubst du wirklich, daß der Bursche die Wahrheit sagte? Jeder kann sich als König dieses königlosen Landes aufspielen. Kannst du nicht sehen, daß der Mensch wie ein aufgeputzter Maskenkönig aussieht — viel zu sehr herausgeputzt?

Avanti

Aber er sieht hübsch aus — seine Erscheinung ist nicht ohne einen gewissen gefälligen Reiz.

Kantschi

Er mag deinem Auge gefällig sein, aber wenn du ihn genau genug betrachtest, kannst du ihn nicht verkennen. Du wirst sehen, wie ich ihn vor euch allen entlarve.

Der falsche „König" tritt auf.

„König"

Willkommen, Fürsten, in unserm Reich! Ich hoffe, meine Würdenträger haben geziemend für euren Empfang gesorgt?

Könige (mit verstellter Höflichkeit)

O ja — es fehlte nichts am Empfang.

Kantschi

Wenn irgend etwas fehlte, so ist es reichlich aufgewogen durch die Ehre, den Anblick Eurer Majestät genießen zu dürfen.

„König"

Wir zeigen uns nicht vor der großen Öffentlichkeit, aber eure große Ergebenheit und Treue macht es uns zum Vergnügen, uns euch nicht zu entziehen.

Kantschi

Die Gnade Euer Majestät ist wahrhaft überwältigend für uns.

„König"

Wir fürchten, wir werden hier nicht lange verweilen können.

Kantschi

Ich dachte mir es schon: Ihr seht nicht aus, als ob ihr es lange aushieltet.

„König"

Wenn ihr indessen uns um irgendwelche Gunst bitten möchtet —

Kantschi

Das möchten wir: aber wir möchten Euch gern vor etwas weniger Zeugen sprechen.

„König" (zu seinem Gefolge)

Zieht euch etwas von unsrer Gegenwart zurück. (Sie ziehen sich zurück.) Nun könnt ihr euer Begehren ohne Rückhalt vorbringen.

Kantschi

Wir werden uns schon keine Zurückhaltung auferlegen; wir fürchten nur, daß ihr es für euch selbst werdet nötig finden.

„König"

O nein, in der Hinsicht könnt ihr unbesorgt sein.

Kantschi

Komm also, huldige uns, indem du uns deinen Kopf zu Füßen legst.

„König"

Es scheint, meine Diener haben den Varunibranntwein in den Empfangslagern zu freigiebig verteilt.

Kantschi

Falscher Betrüger, du bist es, der sich in einem Rausch der Überhebung befindet. Dein Kopf wird bald den Staub küssen.

„König"

Ihr Fürsten, solche derben Späße sind eines Königs nicht würdig.

Kantschi

Männer, die gebührend mit dir scherzen werden, sind zur Stelle. General!

„König"

Nicht weiter, ich fleh' euch an. Ich sehe wohl, ich schulde euch allen Huldigung. Der Kopf beugt sich von selbst hernieder — es bedarf nicht der Anwendung irgendwelcher scharfer Maßnahmen, um ihn zu Boden zu legen. So, hier beuge ich mich tief vor euch allen. Wenn ihr mir freundlich erlaubt, mich davonzumachen, werde ich euch mit meiner Gegenwart nicht länger lästig fallen.

Kantschi

Warum solltest du dich davonmachen? Wir werden dich zum König dieses Ortes machen — führen wir unsern Scherz zu seinem regelrechten Ende. Hast du irgendwelchen Anhang?

„König"

O ja! Alle, die mich auf den Straßen sehen, laufen hinter mir her. Als ich ein mageres Gefolge hatte, betrachtete mich erst jeder argwöhnisch, aber nun mit dem wachsenden Haufen zerstreuen sich die Zweifel immer mehr. Die Menge wird von ihrer eigenen Größe hypnotisiert. Ich brauche nun gar nichts weiter zu tun.

Kantschi

Ausgezeichnet! Von diesem Augenblick geloben wir alle, dir zu helfen und zu dir zu stehen. Doch wirst du uns einen Gegendienst leisten müssen.

„König"

Eure Befehle werden mir so heilig sein wie die Krone, die ihr mir aufs Haupt setzt.

Kantschi

Gegenwärtig wünschen wir weiter nichts, als die Königin Sudarschana zu sehen. Du wirst dafür sorgen.

„König"

Ich werde mir alle Mühe darum geben.

Kantschi

Zu deinen Bemühungen haben wir nicht viel Vertrauen — du wirst einfach dich nach unsern Anweisungen richten. Nun aber kannst du gehen und dich mit allem möglichen Glanz und Prunk an dem Fest im königlichen Garten beteiligen.

Sie gehen fort.

Großvater und eine Schar von Bürgern treten auf.

Erster Bürger

Großvater, ich kann mir nicht helfen — ja, und fünfhundertmal will ich es wiederholen — unser König ist ein vollkommener Schwindel.

Großvater

Warum nur fünfhundertmal? Kein Grund zu so heldenmütiger Selbstbeherrschung — du kannst es fünftausendmal sagen, wenn das dein Vergnügen erhöht.

Zweiter Bürger

Aber du kannst eine tote Lüge nicht für immer aufrechterhalten.

Großvater

Sie hat mich lebendig gemacht, mein Freund.

Dritter Bürger

Wir werden der ganzen Welt verkünden, daß unser König eine Lüge ist, der reinste und leerste Schatten!

Erster Bürger

Wir werden es alle von unsern Dächern schreien, daß wir keinen König haben — mag er tun, was er will, wenn er existiert.

Großvater

Er wird gar nichts tun.

Zweiter Bürger

Mein Sohn wurde mit fünfundzwanzig Jahren innerhalb einer Woche von einem hitzigen Fieber vorzeitig dahingerafft. Hätte mich solch ein Unglück unter der Herrschaft eines tugendhaften Königs betreffen können?

Großvater

Aber dir sind immer noch zwei Söhne geblieben: während ich all meine fünf Kinder hintereinander verloren habe.

Dritter Bürger

Und was sagst du dazu?

Großvater

Was denn? Soll ich meinen König dazu verlieren, weil ich meine Kinder verloren habe? Für so einen ungeheuren Narren müßt ihr mich nicht halten.

Erster Bürger

Eine schöne Sache, zu streiten, ob ein König da ist oder nicht, wenn man aus Mangel an Nahrung einfach Hungers stirbt! Wird der König uns retten?

Großvater

Bruder, du hast Recht. Aber warum nicht den König suchen, dem all die Nahrung gehört. Mit deinem Jammern zu Hause wirst du ihn sicher nicht finden.

Zweiter Bürger

Sieh nur die Gerechtigkeit unsres Königs! Dieser Bhadrasen — ihr wißt was es für ein rührender Anblick ist, wenn er von seinem König spricht — der rührselige Dummkopf! Er ist auf einen solchen Grad von Armut herabgesunken, daß selbst die Fledermäuse, die bei ihm hausen, den Ort zu ungemütlich finden.

Großvater

Nun, seht nur mich an! Ich schufte und rackre Tag und Nacht für meinen König, aber ich habe für meine Mühen noch nicht einen roten Heller bekommen.

Dritter Bürger

Nun, und was hältst du davon?

Großvater

Was soll ich davon halten? Bezahlt denn jemand seine Freunde? Geht, Freunde, und sagt, wenn ihr wollt, unsern König gebe es nirgends. Auch das gehört mit zur Feier dieses Festes.

.

IV.

Turm des Königspalastes.

Sudarschana und ihre Freundin Rohini.

Sudarschana

Du magst dich irren, Rohini, aber ich kann mich nicht irren: bin ich nicht die Königin? Der dort, sicher der dort muß mein König sein.

Rohini

Er, der dir so hohe Ehre verliehen hat, kann nicht lange zögern, sich dir zu zeigen.

Sudarschana

Seine Gestalt macht mich ruhlos wie einen Vogel im Käfig. Suchtest du, dich zu vergewissern, wer er ist?

Rohini

Ja. Jeder, den ich fragte, sagte, es sei der König.

Sudarschana

Von welchem Land ist er der König?

Rohini

Von unserm, König dieses Landes.

Sudarschana

Du meinst doch den dort, dem ein Sonnenschirm aus Blumen über das Haupt gehalten wird?

Rohini

Eben den: der, auf dessen Banner die Kimschuk-Blüte gemalt ist.

Sudarschana

Ich erkannte ihn natürlich sofort, aber du hattest deine Zweifel.

Rohini

Wir können uns leicht irren, meine Königin, und wir fürchten dich zu erzürnen, falls wir unrecht haben.

Sudarschana

Ich wollte, Surangama wäre da! Dann wäre kein Zweifel mehr möglich.

Rohini

Hältst du sie für klüger als uns alle?

Sudarschana

O nein, aber sie würde ihn sofort erkennen.

Rohini

Das kann ich nicht glauben. Sie tut nur so, als ob sie ihn kennte. Niemand kann dafür bürgen, daß sie den König kennt. Wären wir so schamlos wie sie, es wäre nicht schwer für uns gewesen, mit unserer Bekanntschaft mit dem König zu prahlen.

Sudarschana

Aber nein, sie prahlt niemals.

Rohini

Bloße Ziererei, weiter nichts; damit kommt man oft weiter als mit offenem Prahlen. Sie ist zu allen Streichen fähig: drum mochten wir sie nie leiden.

Sudarschana

Aber sag, was du willst, ich hätte sie gern gefragt, wenn sie hier wäre.

Rohini

Sehr wohl, Königin. Ich werde sie holen. Sie muß glücklich sein, wenn sie der Königin unentbehrlich ist, um den König zu erkennen.

Sudarschana

O nein — es ist nicht darum — aber ich hörte es gern von aller Welt bestätigt.

Rohini

Sagt es nicht alle Welt? Da, höre nur hin, die Jubelrufe des Volks dringen sogar bis zu dieser Höhe empor.

Sudarschana

Dann tu mir den einen Dienst: lege diese Blumen auf ein Lotusblatt und bringe sie ihm.

Rohini

Und was soll ich sagen, wenn er fragt, wer sie sendet?

Sudarschana

Du wirst nichts zu sagen brauchen — er wird es wissen. Er meinte, ich würde nicht imstande sein, ihn zu erkennen: ich kann ihn nicht fortlassen, ohne ihm zu zeigen, daß ich ihn herausgefunden habe.

Rohini geht mit den Blumen.

Sudarschana

Mein Herz ist voll Unruhe heute abend: so war mir nie zuvor zumute. Das weiße, silberne Licht des Vollmonds überflutet den Himmel und perlt nach allen Seiten wie der sprudelnde Schaum des Weins ... Es faßt mich wie ein Taumel von Sehnsucht. Halt, wer ist da?

Eine Dienerin tritt auf.

Dienerin

Was befehlen Majestät?

Sudarschana

Siehst du dort die fröhlichen Knaben, wie sie singend durch die Laubgänge und Alleen der Mangobäume ziehen? Rufe sie her, bring sie zu mir: ich möchte sie singen hören.

Die Dienerin geht und kehrt mit den Knaben wieder.

Kommt, lebendige Sinnbilder des jugendfrischen Frühlings, hebt euren Festgesang an! Meine ganze Seele und mein Leib ist heute abend Gesang und Musik — doch die unaussprechliche Melodie will mir nicht von der Zunge: singt ihr denn an meiner Statt!

Gesang

Mein Leid ist mir süß, heut in dieser Frühlingsnacht.

Mein Schmerz greift in die Saiten der Liebe und läßt sie leise erklingen.

Lockende Bilder, aus meiner Sehnsucht geboren, gleiten im Mondschein
   dahin.

Der Duft aus der Tiefe der Wälder verirrt sich in meine Träume.

Worte kommen flüsternd an mein Ohr, ich weiß nicht, woher,

Und die Glöckchen an meinen Fußspangen zittern und klingen im Takt
   zum Tanz meines Herzens.

Sudarschana

Genug, genug — ich ertrag' es nicht länger! Euer Gesang hat meine Augen mit Tränen gefüllt ... Mich wandelt es an — Sehnsucht kann nie ihren Gegenstand finden — sie braucht ihn nicht zu finden. Welch lieblicher Sänger der Wildnis hat euch dies Lied gelehrt? O, daß meine Augen den sehen könnten, dessen Gesang meine Ohren gehört haben! Ach, wie ich mich sehne

— mich sehne, in Liebesverzückung im Waldesdickicht des Herzens mich zu verlieren! Liebe Knaben der Waldwildnis! wie soll ich euch lohnen? Dieses Halsband ist nur aus Juwelen, aus harten Steinen gemacht — ihre Härte wird euch weh tun — ich besitze nichts dergleichen wie die Blumenkränze, die euch zieren.

Die Knaben verbeugen sich und gehen ab.

Rohini tritt auf.

Sudarschana

Ich habe nicht recht getan — ich habe nicht recht getan, Rohini. Ich schäme mich, dich zu fragen, was geschah. Ich habe jetzt eben erkannt, daß keine Hand in Wahrheit die größte der Gaben geben kann. Doch laß mich alles hören.

Rohini

Als ich dem König die Blumen gab, sah er nicht so aus, als verstünde er etwas davon.

Sudarschana

Das kann nicht sein! Er verstand nicht —?

Rohini

Nein; er saß da wie eine Puppe, ohne ein einziges Wort zu äußern. Ich glaube, er wollte nicht zeigen, daß er nichts verstand, daher tat er den Mund nicht auf.

Sudarschana

Pfui über mich! Meine Schamlosigkeit ist gerecht bestraft worden. Warum hast du meine Blumen nicht zurückgebracht?

Rohini

Wie konnte ich? Der König von Kantschi, ein sehr gewitzigter Mann, der neben ihm saß, begriff alles mit einem Blick, und er lächelte nur eben ein bißchen und sagte: „Majestät, die Königin Sudarschana sendet Euch ihre Grüße mit diesen Blumen — mit Blumen, die dem Gott der Liebe gehören, dem Freund des Frühlings!" Der König schien mit einem Male aufzuwachen und sagte: „Das ist die Krone all meiner Königsherrlichkeit heute Nacht." Ich wandte mich, ganz außer Fassung, zum Gehen, als der König von Kantschi dem König dieses Juwelenhalsband abnahm und zu mir sagte: „Freundin, dies Königsgeschmeide will zu dir, zum Dank für das frohe Glück, das du gebracht hast."

Sudarschana

Wie, Kantschi mußte dem König all das begreiflich machen! Weh mir, dies nächtliche Fest hat die Tore der Schmach und Schande weit vor mir geöffnet. Was andres konnte ich erwarten? Verlaß mich, Rohini; ich muß eine Weile allein sein. (Rohini geht ab.) Ein furchtbarer Schlag hat all meinen Stolz zu Staub zerschlagen, und doch ... ich kann diese schöne, bezaubernde Gestalt nicht aus dem Gedächtnis löschen! Kein Stolz ist mir geblieben ... ich bin geschlagen, vernichtet, gänzlich hilflos ... ich kann nicht einmal die Augen von ihm abwenden. Oh, wie mir wieder und wieder der Wunsch kommt, Rohini um diese Kette zu bitten! Aber was würde sie denken! Rohini!

Rohini kommt.

Rohini

Was ist dein Wunsch?

Sudarschana

Welchen Lohn verdienst du für deine heutigen Dienste?

Rohini

Nichts von dir — aber ich bekam meinen Lohn von dem König, wie sich's gebührt.

Sudarschana

Das ist keine freie Gabe, sondern eine erzwungene Belohnung. Ich möchte nicht etwas an dir sehen, was auf so gleichgültige Art gegeben wurde. Leg es ab, ich gebe dir meine Armspangen, wenn du es hier läßt. Nimm diese Armspangen und geh nun. (Rohini geht ab.) Welch neue Schmach! Ich hätte dieses Halsband wegwerfen sollen — aber ich kann nicht! Es sticht mich, als ob es ein Dornenkranz wäre — aber ich kann es nicht wegwerfen. Das also hat mir der Festgott heute zur Nacht beschert — dieses Halsband der Schmach und Schande!

.

V.

Großvater

Habt ihr genug davon bekommen, Freunde?

Erster Mann

Oh, mehr als genug, Großvater. Sieh nur, sie haben mich über und über rot gemacht. Keiner ist davongekommen[A].

Großvater

Wirklich? Haben sie die Könige auch mit rotem Puder beworfen?

Zweiter Mann

Wer konnte ihnen denn nahe kommen? Sie waren alle sicher auf ihrem eingehegten Platz.

Großvater

So sind sie euch entkommen! Konntet ihr nicht die geringste Spur Farbe auf sie werfen? Ihr hättet euch den Weg dahin erzwingen sollen.

Dritter Mann

Mein lieber Alter, sie haben eine andere Sorte Rot, die ihnen vorbehalten ist. Ihre Augen sind rot; die Turbane ihrer Wachen und ihres Gefolges sind auch rot. Und die letztern schwangen ihre Schwerter so in der Luft herum, daß eine weitere Annäherung von unserer Seite ein reichliches Zutagetreten der grundlegenden roten Farbe bedeutet hätte.

Großvater

Wohlgetan, Freunde — haltet sie immer in einiger Entfernung. Sie sind die Verbannten der Erde, und wir haben das Amt, dafür zu sorgen, daß es so bleibt.

Dritter Mann

Ich gehe heim, Großpapa; Mitternacht ist vorüber.

Geht ab.

Eine Schar Sänger kommt singend herbei.

Schwarz und Weiß ist nicht mehr geschieden,

Ist rot geworden — rot wie eure Füße gefärbt sind.

Rot ist mein Wams und rot meine Träume,

Mein Herz schwankt und schwingt wie ein roter Lotus.

Großvater

Vortrefflich, meine Freunde, glänzend! So hattet ihr wirklich genußreiche Stunden!

Die Sänger

Oh, und wie sehr! Alles war rot, rot! Nur der Mond am Himmel ließ uns im Stich: er blieb weiß.

Großvater

Er sieht nur von außen so unschuldig drein. Hättet ihr nur seine weiße Maske weggenommen, ihr hättet seine Schelmerei schon gesehen. Ich habe beobachtet, was für rote Farben er heute nacht auf die Erde wirft. Und doch, sollte man es für möglich halten, daß er dabei die ganze Zeit weiß und farblos bleibt!

Gesang.

Auf dich seh ich's ab, Liebe, mein Lieb!

Mein Herz ist toll, gibt sich nimmer besiegt,

Meinst du, ungefärbt zu entkommen,

Wenn du mich mit rotem Puder rötest?

Könnt ich nicht dein Kleid färben mit dem roten Blütenstaub meines Herzens?

Sie gehen ab.

Der „König" und Kantschi treten auf.

Kantschi

Du mußt genau tun, was ich dir gesagt habe. Daß du mir nichts übersiehst!

„König"

Ich werde nichts übersehen.

Kantschi

Die Gemächer der Königin Sudarschana liegen in den…

„König"

Ja, Herr, ich habe den Ort gemerkt.

Kantschi

Was du zu tun hast, ist, im Garten Feuer anzulegen, und dann wirst du aus dem Durcheinander und der Verwirrung Vorteil ziehen, um deine Aufgabe zielbewußt zu vollbringen.

„König"

Ich werde daran denken.

Kantschi

Sieh einmal, Herr Prätendent, ich glaube doch, daß unsere Furcht ganz unbegründet ist — es gibt in Wahrheit keinen König in diesem Lande.

„König"

Mein einziges Ziel ist, dieses Land aus der Anarchie zu retten. Der gemeine Mann kann ohne König nicht leben, ob dieser nun echt ist oder falsch! Anarchie ist immer eine Quelle der Gefahr.

Kantschi

Frommer Wohltäter des Volkes, deine wundervolle Aufopferung sollte wirklich uns allen ein Beispiel sein. Ich gedenke dem Volke diesen außerordentlichen Dienst in eigener Person zu erweisen.

Sie gehen ab.

42

VI.

Rohini

Was gibt es denn? Ich kann nicht herausbekommen, was all das ist! (Zu den Gärtnern) Wohin geht ihr alle in solcher Eile?

Erster Gärtner

Wir gehen aus dem Garten.

Rohini

Wohin?

Zweiter Gärtner

Wir wissen nicht, wohin — der König hat uns gerufen.

Rohini

Aber der König ist doch hier in diesem Garten. Welcher König hat euch gerufen?

Erster Gärtner

Das wissen wir nicht. ·

Zweiter Gärtner

Der König, dem wir unser Lebtag gedient haben, natürlich.

Rohini

Wollt ihr alle gehen?

Erster Gärtner

Ja, alle — wir müssen sofort gehen. Sonst könnten wir zu Schaden kommen.

Sie gehen ab.

Rohini

Ich kann ihre Worte nicht verstehen... Ich fürchte mich. Sie rennen davon wie wilde Tiere, die in dem Augenblick entfliehen, ehe die Flut den Damm durchbricht.

Der König von Koschala tritt auf.

Rohini, weißt du, wo dein König und Kantschi hingegangen sind?

Rohini

Sie sind irgendwo im Garten, aber ich kann nicht sagen, wo.

Koschala

Ich verstehe wirklich nicht, was sie vorhaben. Ich habe nicht wohl daran getan, mein Vertrauen auf Kantschi zu setzen. Ab.

Rohini

Was ist das für eine dunkle Sache, mit der sich diese Könige abgeben? Etwas Schreckliches bereitet sich vor. Werde ich in diese Sache hineingezogen werden?

Avanti tritt auf.

Avanti

Rohini, weißt du, wo die andern Fürsten sind?

Rohini

Es ist schwer zu sagen, wo sie alle hingekommen sind. Der König von Koschala ging jetzt eben in dieser Richtung hier vorbei.

Avanti

Ich denke nicht an Koschala. Wo sind euer König und Kantschi?

Rohini

Ich habe sie seit langer Zeit nicht gesehen.

Avanti

Kantschi weicht mir immer aus. Er plant gewiß, uns alle zu betrügen. Ich habe nicht wohl daran getan, meine Hand in diese Wirrnis zu stecken. Freundin, könntest du mir freundlich einen Weg aus diesem Garten weisen?

Rohini

Ich weiß keinen.

Avanti

Ist niemand hier, der mir den Weg hinaus zeigen kann?

Rohini

Die Diener haben alle den Garten verlassen.

Avanti

Warum taten sie das?

Rohini

Ich konnte nicht genau verstehen, was sie meinten. Sie sagten, der König hätte ihnen befohlen, den Garten sofort zu verlassen.

Avanti

Der König? Welcher König?

Rohini

Sie konnten es nicht genau sagen.

Avanti

Das klingt nicht gut. Ich muß um jeden Preis einen Weg hinausfinden. Ich kann hier keinen Augenblick länger bleiben.

Geht eilig ab.

Rohini

Wo kann ich den König finden? Als ich ihm die Blumen gab, die die Königin gesandt hatte, da schien er sich nicht viel um mich zu kümmern; aber seit der Stunde hat er Gaben und Geschenke auf mich gehäuft. Diese grundlose Freigebigkeit macht mich noch ängstlicher... Wohin fliegen die Vögel zu dieser Stunde der Nacht? Was hat sie plötzlich aufgeschreckt? Das ist nicht die gewohnte Zeit ihres Fluges, gewiß nicht... Warum rennt der Königin zahmes Reh dieses Wegs? Tschapata! Tschapata! Es hört nicht einmal meinen Ruf. Ich habe nie eine Nacht wie diese gesehen. Der Horizont wird auf allen Seiten plötzlich rot, wie das Auge eines Wahnsinnigen! Die Sonne scheint zu so ungewohnter Stunde auf allen Seiten zugleich unterzugehen. Welcher Wahnsinn des Allmächtigen ist dies! ... Oh, ich fürchte mich! ... Wo kann ich den König finden?

VII.

Am Tor zum Palast der Königin.

„König"

Was hast du getan, Kantschi?

Kantschi

Ich wollte nur diesen Teil des Gartens beim Palast in Brand stecken. Ich hatte keine Ahnung, daß das Feuer sich so schnell nach allen Seiten verbreiten würde. Sag mir schnell den Weg aus diesem Garten.

„König"

Ich kann ihn dir nicht sagen. Die uns hierher geführt haben, sind alle entflohen.

Kantschi

Du bist ein Eingeborner dieses Landes — du mußt den Weg wissen.

„König"

Ich habe diese inneren Königsgärten nie zuvor betreten.

Kantschi

Ich will davon nichts hören — du mußt mir den Weg zeigen, oder ich spalte dich in zwei Teile.

„König"

Du kannst mir auf diese Weise das Leben nehmen, aber es würde dir wenig helfen, den Weg aus diesem Garten zu finden.

Kantschi

Warum liefst du dann herum und sagtest, du wärest der König dieses Landes?

„König"

Ich bin nicht der König — ich bin nicht der König.

Wirft sich mit gefalteten Händen zu Boden.

Wo bist du, mein König? Rette mich, oh, rette mich! Ich bin ein Empörer — strafe mich, aber töte mich nicht!

Kantschi

Was nützt es, sich zu krümmen und in die leere Luft zu schreien? Nutze die

Zeit lieber und such nach dem Wege!

„König"

Ich will mich hierher legen — ich rühre mich nicht von der Stelle. Komme was will, ich werde nicht klagen.

Kantschi

Ich will all diesen Unsinn nicht dulden. Wenn ich verbrennen muß, sollst du mir zum letzten Ende Gesellschaft leisten.

Stimme von außen

Oh, rette uns, rette uns, König! Das Feuer kommt von allen Seiten über uns!

Kantschi

Narr, steh auf, verliere keine Zeit mehr.

Sudarschana (tritt auf)

König, o mein König! rette mich, rette mich vor dem Tode! Ich bin vom Feuer umzingelt.

„König"

Wer ist der König? Ich bin kein König.

Sudarschana

Du bist nicht der König?

„König"

Nein, ich bin ein Heuchler, ich bin ein Schuft.

Seine Krone zu Boden werfend.

Mag mein Trug und Heuchelei zu Staub zerstieben!

Ab mit Kantschi.

Sudarschana

Kein König? Er ist nicht der König? Dann, o du Feuergott, verbrenne mich, vernichte mich zu Asche! Ich will mich dir selbst in die Arme werfen, o du großer Reiniger; verbrenne meine Schmach, mein Verlangen, meine Begierde zu Asche.

Rohini (tritt auf)

Königin, wohin gehst du? All deine innern Gemächer sind in rasendes Feuer gehüllt — geh nicht hinein.

Sudarschana

Ja, ich will in diese brennenden Räume hineingehn! Es ist mein Totenfeuer!

Sie geht in den Palast.

■

VIII.

Die dunkle Kammer. Der König und Sudarschana.

König

Fürchte dich nicht — du hast keinen Grund zur Angst. Das Feuer wird nicht in dies Gemach dringen.

Sudarschana

Ich habe keine Angst — aber oh, die Scham verfolgt mich wie ein rasendes Feuer. Mein Gesicht, meine Augen, mein Herz, jeder Teil meines Körpers wird von ihren Flammen versengt und verbrannt.

König

Es wird eine Zeit vergehen, ehe du über diesen Brand hinwegkommst.

Sudarschana

Dieses Feuer wird nie aufhören — wird nie aufhören!

König

Verzage nicht, Königin!

Sudarschana

O König, ich will dir nichts verbergen... Ich trage eines anderen Kette um meinen Hals.

König

Auch diese Kette ist mein — wie sonst hätte er zu ihr kommen sollen? Er stahl sie aus meiner Kammer.

Sudarschana

Aber sie ist s e i n Geschenk an mich: und doch konnte ich diese Kette nicht fortschleudern! Als das Feuer brüllend von allen Seiten kam, dachte ich daran, diese Kette ins Feuer zu werfen. Aber nein, ich konnte nicht. Mein Geist flüsterte: „Behalte diese Kette im Tode an"... Was für ein Feuer ist das, o König, in das ich, die hinausgegangen war, dich zu sehen, sprang, wie eine Motte, die der Flamme nicht widerstehen kann! Welch eine Qual ist das, oh, welch ein Todeskampf! Das Feuer brennt so wild weiter wie je, und doch lebe ich weiter in seinen Flammen!

König

Aber du hast mich schließlich gesehen — deine Sehnsucht ist gestillt worden.

Sudarschana

Aber suchte ich dich denn mitten in diesem grauenhaften Verderben? Ich weiß nicht, was ich sah, doch mein Herz pocht noch wild vor Angst.

König

Was sahest du?

Sudarschana

Grauenhaft — oh, es war grauenhaft! Ich fürchte mich, auch nur noch daran zu denken. Schwarz, schwarz — o du bist schwarz wie die ewige Nacht! Ich habe dich nur einen einzigen entsetzlichen Augenblick gesehen. Der Feuerschein fiel auf deine Züge — du sahst wie die schaudervolle Nacht aus, wenn ein Komet unheilverkündend über uns schwebt — oh, da schloß ich die Augen — ich konnte deinen Anblick nicht mehr ertragen. Schwarz wie die drohende Wetterwolke, schwarz wie das uferlose Meer mit dem gespenstischen Rot des Zwielichts auf seinen tosenden Wogen!

König

Habe ich dir nicht vorausgesagt, daß man meinen Anblick nicht ertragen kann, wenn man nicht schon darauf vorbereitet ist? Man möchte vor mir zum Ende der Welt fliehen. Habe ich das nicht zahllose Male gesehen? Darum wollte ich mich dir langsam und allmählich enthüllen, nicht gar zu plötzlich.

Sudarschana

Aber es kam die Sünde und vernichtete alle deine Hoffnungen — die bloße Möglichkeit einer Gemeinschaft mit dir ist für mich nun undenkbar geworden.

König

Sie wird mit der Zeit möglich werden, meine Königin. Die gräßliche düstere Schwärze, die dich heute bis in die Seele mit Furcht geschlagen hat, wird eines Tages dein Trost und dein Heil sein. Wofür sonst kann meine Liebe da sein?

Sudarschana

Es kann nicht sein, es ist nicht möglich. Was will d e i n e Liebe allein noch tun? M e i n e Liebe hat sich nun von dir abgewandt. Die Schönheit hat ihren Zauber auf mich geworfen, diese Raserei, dieser Rausch wird mich nie mehr verlassen — sie hat meine Augen mit ihrem Glanz geblendet und entflammt, sie hat ihren goldenen Schimmer bis in meine Träume geworfen! Ich habe dir nun alles gesagt — strafe mich, wie dir beliebt.

König

Die Strafe hat schon begonnen.

Sudarschana

Doch willst du mich nicht strafen so stoße mich von dir. Ich will dich verlassen —

König

Du hast vollkommene Freiheit, zu tun, was dir beliebt.

Sudarschana

Ich kann deine Gegenwart nicht ertragen! Mein Herz ist böse auf dich. Warum warst du — aber was hast du mir getan?... Warum bist du so? Warum haben sie mir gesagt, du wärest stattlich und schön? Du bist schwarz, schwarz wie die Nacht — ich werde dich nie, ich kann dich nie liebhaben. Ich habe gesehen, was ich liebe — es ist sanft und weich wie Samt, zart wie die *Schirischa*-Blume, strahlend wie ein Schmetterling.

König

Es ist falsch wie eine Fata Morgana, leer wie eine Seifenblase.

Sudarschana

Mag sein — aber ich kann deine Nähe nicht ertragen — ich kann einfach nicht! Ich muß von hier fliehen. Eine Gemeinschaft mit dir, das kann nicht möglich sein! Sie kann nichts anderes sein als ein falscher Bund — mein Geist muß sich unweigerlich von dir abkehren.

König

Willst du es nicht einmal ein wenig versuchen?

Sudarschana

Ich habe es seit gestern versucht — aber je mehr ich versuche, um so mehr empört sich mein Herz. Wenn ich bei dir bleibe, werde ich beständig von dem Gedanken verfolgt und gehetzt, daß ich unrein bin, daß ich falsch und treulos bin.

König

Nun wohl, du kannst so weit von mir gehen, als dir beliebt.

Sudarschana

Ich kann von dir nicht fliehen — gerade weil du mein Gehen nicht hinderst. Warum hältst du mich nicht mit Gewalt an den Haaren zurück und sagst: „Du sollst nicht gehen?" Warum schlägst du mich nicht? O strafe mich, triff mich, schlag mich mit gewaltiger Hand! Aber dein widerstandsloses Schweigen macht mich wild — oh, ich kann's nicht ertragen!

König

Warum glaubst du, daß ich in Wirklichkeit still bin? Woher weißt du, daß ich nicht versuche, dich zurückzuhalten?

Sudarschana

Oh, nein, nein! — Ich kann das nicht ertragen — sag mir laut, befiehl mir mit der Stimme des Donners, zwinge mich mit Worten, die alles andere übertönen — laß mich nicht so leicht, so mild von dir!

König

Ich werde dich frei lassen, aber warum sollte ich zulassen, daß du dich von mir losreißest?

Sudarschana

Das willst du nicht zulassen? Wohlan denn, ich muß gehen!

König

Geh denn!

Sudarschana

So bin ich gar nicht zu tadeln. Du hättest mich mit Gewalt zurückhalten können, aber du tatest es nicht! Du hast mich nicht gehindert — und nun werde ich fortgehen. Befiehl deinen Wachen, mich nicht gehen zu lassen!

König

Niemand wird dir in den Weg treten. Du kannst so frei gehen wie die zerrissene Wetterwolke, die vom Sturm gepeitscht wird.

Sudarschana

Ich kann nicht mehr widerstehen — etwas in mir jagt mich vorwärts — es treibt mich von meinem Anker! Vielleicht werde ich versinken, aber ich werde nie mehr zurückkehren.

Sie stürzt hinaus.

Surangama tritt auf.

Surangama (singt)

Was hat dein Wille mit mir vor, daß er mich in die Weite sendet? Zu deinen Füßen werde ich wieder von meiner Wanderschaft zurückkehren.

Deine Liebe ist es, die sich hinter dem Schein der Nachlässigkeit verbirgt, deine zärtlichen Hände stoßen mich fort, um mich wieder in deine Arme zu ziehn! O mein König, was ist's für ein Spiel, das du überall in deinem Reiche treibst?

Sudarschana (kehrt zurück)

König, o König!

Surangama

Er ist fortgegangen.

Sudarschana

Fortgegangen? Wohlan denn ... dann hat er mich endgültig verstoßen! Ich bin zurückgekehrt, aber er hat nicht einen einzigen kleinen Augenblick auf mich warten können! Sehr gut denn, ich bin nun vollkommen frei. Surangama, hat er dich geheißen, mich zurückzuhalten?

Surangama

Nein, er hat nichts gesagt.

Sudarschana

Warum sollte er etwas sagen? Warum sollte er sich um mich kümmern? ... Ich bin also frei, vollkommen frei. Aber, Surangama, ich wollte den König etwas fragen, konnte es aber in seiner Gegenwart nicht herausbringen. Sag mir, ob er die Gefangenen mit dem Tode bestraft hat.

Surangama

Mit dem Tode? Mein König straft nie mit dem Tode.

Sudarschana

Was hat er ihnen denn getan?

Surangama

Er hat sie in Freiheit gesetzt. Kantschi hat seine Niederlage anerkannt und ist in sein Königreich heimgekehrt.

Sudarschana

Ach, was für eine Erlösung!

Surangama

Meine Königin, ich habe eine einzige Bitte an dich.

Sudarschana

Du brauchst deine Bitte nicht auszusprechen, Surangama. Alle Geschmeide und Schmucksachen, die der König mir gab, lasse ich dir — ich bin nicht würdig, sie von nun an zu tragen.

Surangama

Nein, ich brauche sie nicht, meine Königin. Mein Herr hat mir nie irgendwelchen Schmuck zu tragen gegeben — mein schmuckloses Aussehen ist für mich gut genug. Er hat mir nichts gegeben, womit ich vor den Leuten prahlen könnte.

Sudarschana

Was willst du sonst von mir?

Surangama

Ich will mit dir gehn, meine Königin.

Sudarschana

Bedenke, was du da sagst; du verlangst, deinen Herrn zu verlassen. Was für eine Bitte ist das für dich!

Surangama

Ich werde nicht weit von ihm fortgehen — wenn du unbehütet fortgehst, wird er bei dir sein, dicht dir zur Seite.

Sudarschana

Du redest Unsinn, mein Kind. Ich wollte Rohini mit mir nehmen, aber sie wollte nicht. Was gibt dir den Mut zu dem Wunsche, mit mir zu kommen?

Surangama

Ich besitze weder Mut noch Kraft. Aber ich werde gehen — der Mut wird von selbst kommen, und auch die Kraft wird kommen.

Sudarschana

Nein, ich kann dich nicht mitnehmen; deine Gegenwart wird mich beständig an meine Schmach erinnern; ich werde das nicht ertragen können.

Surangama

O meine Königin, ich habe wie all dein Gutes so auch all dein Böses mir zu eigen gemacht; willst du mich noch als Fremde behandeln? Ich muß mit dir gehn.

IX.

Der König von Kanya Kubja, Vater von Sudarschana, und sein Minister.

König von Kanya Kubja

Ich hörte alles vor ihrer Ankunft.

Minister

Die Prinzessin wartet allein außerhalb der Stadttore am Ufer des Flusses. Soll ich Leute senden, um sie zu Hause willkommen zu heißen?

König von Kanya Kubja

Wie! Für sie, die treulos ihren Gatten verlassen hat — da willst du ihre Schmach und Schande in aller Welt ausposaunen und ein Schaustück für sie in Szene setzen?

Minister

Soll ich dann Anordnungen treffen, um ihr eine Wohnung im Palaste herzurichten?

König von Kanya Kubja

Du wirst nichts der Art tun. Sie hat ihren Platz als Königin aus eigenem Entschluß verlassen — hier wird sie als Magd arbeiten müssen, wenn sie in meinem Hause zu bleiben wünscht.

Minister

Es wird schwer und bitter für sie sein, Euer Hoheit.

König von Kanya Kubja

Wenn ich versuche, sie vor Leiden zu bewahren, dann bin ich nicht wert, ihr Vater zu sein.

Minister

Ich werde alles ordnen, wie Ihr wünscht, Euer Hoheit.

König von Kanya Kubja

Es soll verborgen bleiben, daß sie meine Tochter ist, sonst geraten wir alle in ein entsetzliches Unheil.

Minister

Warum fürchtet Ihr Unheil davon, Euer Hoheit?

König von Kanya Kubja

Wenn das Weib vom rechten Weg abweicht, dann erscheint sie mit dem furchtbaren Unheil beladen. Du weißt nicht, welche tödliche Furcht diese meine Tochter mir eingeflößt hat — sie ist heimgekommen, beladen mit Schrecknis und Gefahr.

X.

Innere Gemächer des Palastes.

Sudarschana und Surangama.

Sudarschana

Geh fort von mir, Surangama! Ein tödlicher Zorn rast in mir — ich kann niemanden ertragen — es macht mich wild, dich so geduldig und unterwürfig zu sehn.

Surangama

Auf wen bist du zornig?

Sudarschana

Ich weiß nicht; aber ich möchte alles vernichtet und unter Trümmern und Elend begraben sehn! In einem Augenblick verließ ich meinen Platz als Königin auf dem Thron. Gab ich alles hin, um mich in dieser düsteren Höhle als Sklavin abzuplagen? Warum flammen für mich nicht die Fackeln der Trauer über die ganze Welt? Warum zittert und bebt nicht die Erde? Ist mein Sturz nicht mehr als das unbemerkte Fallen der armseligen Bohnenblüte? Ist er nicht eher wie der Fall eines glühenden Sternes, dessen flammende Lohe den Himmel in Stücke reißt?

Surangama

Ein mächtiger Wald raucht und glimmt innen, ehe er in Flammen ausbricht: die Zeit ist noch nicht gekommen.

Sudarschana

Ich habe Ehre und Ruhm einer Königin in Staub und Winde gestreut — aber gibt es keinen Menschen, der kommen will, um meine trostlose Seele hier zu besuchen? Allein — oh, ich bin furchtbar, grauenvoll allein!

Surangama

Du bist nicht allein.

Sudarschana

Surangama, ich will nichts vor dir verbergen. Als er den Palast in Flammen setzte, konnte ich nicht auf ihn böse sein. Eine große innere Freude machte mein Herz erzittern. Was für ein staunenswürdiges Verbrechen! Was für eine glorreiche Kühnheit! Dieser Mut machte mich stark und befeuerte meine Lebensgeister. Diese furchtbare Freude gab mir die Kraft, in einem Nu alles hinter mir zu lassen. Aber ist das alles nur meine Einbildung? Warum ist nirgends ein Zeichen zu sehen, daß er kommt?

Surangama

Der, an den du denkst, hat den Palast nicht in Brand gesteckt — der König von Kantschi tat es.

Sudarschana

Der Feigling! Aber ist es möglich? So schön, so bezaubernd, und doch keine Mannheit in ihm! Hab ich mich selbst betrogen um so eines wertlosen Geschöpfes willen? O Schmach! Pfui über mich!... Aber Surangama, meinst du nicht, dein König hätte doch kommen müssen, um mich zurückzuholen!

(Surangama verharrt in Schweigen.)

Du meinst, ich brenne darauf, zurückzukehren? Niemals. Selbst wenn der König in Wirklichkeit käme, ginge ich nicht zurück. Nicht ein einziges Mal verbot er mir fortzugehn, und ich fand alle Tore weit geöffnet, um mich hinauszulassen! Und die steinige, staubige Straße, auf der ich wanderte — es war ihr nichts, daß eine Königin auf ihr schritt. Sie ist hart und gefühllos, wie dein König; der niedrigste Bettler gilt ihr ebensoviel wie die höchste Königin. Du schweigst! Nun, ich sage dir, deines Königs Benehmen ist — niedrig, roh, schmählich!

Surangama

Jeder weiß, daß mein König hart und unbarmherzig ist — niemand ist je imstande gewesen, ihn zu rühren.

Sudarschana

Warum rufst du dann zu ihm bei Tag und bei Nacht?

Surangama

Möge er immer hart und unnachgiebig bleiben wie Stein — mögen meine Tränen und Bitten ihn nie bewegen! Mögen die Leiden nur immer m e i n Teil sein und möge Ruhm und Sieg i h m immerdar bleiben!

Sudarschana

Surangama, sieh! Eine Staubwolke scheint dort drüben über den Feldern am östlichen Horizont aufzusteigen.

Surangama

Ja, ich sehe es.

Sudarschana

Ist das nicht wie das Banner eines Streitwagens?

Surangama

In der Tat, es ist ein Banner.

Sudarschana

Dann kommt er. Er ist endlich gekommen.

Surangama

Wer kommt?

Sudarschana

Unser König — wer sonst! Wie könnte er ohne mich leben! Es ist ein Wunder, wie er nur diese Tage her aushalten konnte.

Surangama

Nein, nein, das kann nicht der König sein.

Sudarschana

„Nein", in der Tat! Als ob du alles wüßtest! Dein König ist hart, kalt, unbarmherzig, nicht wahr? Wir wollen sehen, wie hart er sein kann. Ich wußte von Anfang an, daß er kommen würde — daß er hinter mir herlaufen müßte. Aber erinnere dich, Surangama, ich habe ihn nicht ein einziges Mal gebeten, daß er käme. Du wirst sehen, wie ich deinen König dazu bringe, mir seine Niederlage zu bekennen! Geh nur hinaus, Surangama, und laß mich alles wissen.

Surangama geht hinaus.

Aber werde ich gehen, wenn er kommt und mich bittet, mit ihm zurückzukehren? Gewiß nicht! Ich will nicht gehen! Niemals!

Surangama kommt zurück.

Surangama

Es ist nicht der König, meine Königin.

Sudarschana

Nicht der König? Bist du ganz sicher? Wie! er ist noch nicht gekommen?

Surangama

Nein, mein König wirbelt nie soviel Staub auf, wenn er kommt. Niemand kann wissen, wann er überhaupt kommt.

Sudarschana

Dann ist es —

Surangama

Eben der: er kommt mit dem König von Kantschi.

Sudarschana

Weißt du, wie er heißt?

Surangama

Er heißt Suvarna.

Sudarschana

Er ist es also. Ich dachte: „Ich liege hier gleich weggeworfenen Schlacken und Kehricht, die keiner auch nur anrühren mag." Aber mein Held kommt nun, mich zu befreien. Hast du Suvarna früher gekannt?

Surangama

Als ich bei meinem Vater zu Hause war, in der Spielhölle —

Sudarschana

Nein, nein, du sollst mir nichts von ihm sagen, ich will nichts hören. Er ist mein Held, meine einzige Rettung. Ich werde ihn kennenlernen, ohne daß du mir Geschichten von ihm erzählst. Aber sieh nur, ein netter Mann ist dein König! Er ließ sich nicht einfallen, zu kommen, um mich selbst aus dieser Entwürdigung zu retten. Danach kannst du mich nicht tadeln. Sollte ich mein Leben lang hier auf ihn warten und mich schimpflich wie eine Leibeigene abplagen? Nie werde ich Demut und Unterwürfigkeit üben wie du.

■

XI.

Lager.

Kantschi

Zu Kanya Kubja's Boten.

Sage deinem König, daß er uns nicht gerade als seine Gäste zu empfangen braucht. Wir sind auf dem Weg zurück zu unsern Königreichen, aber wir verweilen, um die Königin Sudarschana aus der Knechtschaft und Entwürdigung zu befreien, zu der sie hier verdammt ist.

Bote

Euer Hoheit, Ihr werdet Euch erinnern, daß die Prinzessin in ihres Vaters Hause ist.

Kantschi

Eine Tochter kann nur solange im Heim ihres Vaters bleiben, als sie unvermählt ist.

Bote

Aber ihre Beziehungen zur Familie ihres Vaters bleiben unverändert bestehen.

Kantschi

Sie hat jetzt all solchen Verwandtschaftsbanden entsagt.

Bote

Solcher Verwandtschaft, Euer Hoheit, kann diesseits des Grabes niemals entsagt werden: sie mag zu Zeiten außer Kraft treten, kann jedoch nie ganz abgebrochen werden.

Kantschi

Entschließt sich der König nicht, mir seine Tochter auf friedlichem Wege herauszugeben, so wird mich das Gebot der Ritterpflicht nötigen, Gewalt anzuwenden. Du kannst das für mein letztes Wort nehmen.

Bote

Euer Hoheit wollen nicht vergessen, daß auch unser König an die Ritterpflicht gebunden ist. Ihr erwartet umsonst, daß er seine Tochter nur auf eure Drohungen hin ausliefern wird.

Kantschi

Sag deinem König, daß ich auf solch eine Antwort gefaßt war, als ich herkam.

Der Bote geht ab.

Suvarna

König von Kantschi, es scheint mir, daß wir zu viel wagen.

Kantschi

Was für ein Vergnügen böte dieses Abenteuer, wenn es anders wäre?

Suvarna

Es braucht nicht viel Mut, Kanya Kubja zum Kampf herauszufordern —
aber...

Kantschi

Wenn du erst anfängst, dich vor „Aber" zu fürchten, wirst du in dieser Welt
kaum einen Platz finden, der sicher genug für dich ist.

Ein Soldat tritt auf.

Soldat

Euer Hoheit! ich habe soeben die Kunde erhalten, daß die Könige von
Koschala, Avanti und Kalinga mit ihren Heerscharen des Wegs kommen. (Ab.)

Kantschi

Gerade, was ich fürchtete! Die Nachricht von Sudarschanas Flucht hat sich
überall verbreitet; jetzt wird man sich von allen Seiten um sie reißen und
schließlich wird alles in Rauch aufgehn.

Suvarna

Es führt nun zu nichts, Euer Hoheit. Das sind keine guten Nachrichten. Ich bin
völlig gewiß, daß unser König selbst insgeheim die Kunde allenthalben
verbreitet hat.

Kantschi

Nun, was soll ihm das nützen?

Suvarna

Die Gierigen werden einander in der allgemeinen Eifersucht in Stücke reißen
— und er wird sich die Lage zunutze machen, die Beute heimzuführen.

Kantschi

Nun wird es klar, warum euer König sich nie sehen läßt. Sein Kniff ist, sich
auf allen Seiten zu vervielfachen — die Furcht sieht ihn allenthalben. Aber ich
will dabei bleiben, daß euer König von Kopf zu Fuß nichts als eitel

Schwindel ist.

Suvarna

Aber bitte, Euer Hoheit, wollt Ihr die Güte haben, mich zu entlassen?

Kantschi

Ich kann dich nicht gehen lassen — ich habe noch eine Verwendung für dich in dieser Sache.

Ein Soldat tritt auf.

Soldat

Euer Hoheit, Virat, Pantschal und Vidarbha sind auch gekommen. Sie haben auf der andern Seite des Flusses ihr Lager aufgeschlagen. (Ab.)

Kantschi

Im Anfang müssen wir alle vereinigt kämpfen. Ist erst die Schlacht mit Kanya Kubja vorbei, so werden wir schon einen Weg aus der Schwierigkeit finden.

Suvarna

Bitte, zieht mich nicht mit Gewalt in Eure Pläne — ich werde glücklich sein, wenn Ihr mich mir selbst überlaßt — ich bin ein armes, niedriges Geschöpf — nichts kann —

Kantschi

Sieh einmal an, König der Heuchler, Mittel und Wege sind nie von so hohem Range — Straßen und Stufen und so weiter sind stets dazu da, mit den Füßen getreten zu werden. Der Vorteil, wenn wir Männer deiner Art in unsern Plänen verwenden, ist, daß wir keine Maske oder Täuschung nötig haben. Wenn ich mich aber mit meinem Minister zu beraten hätte, wäre es unsinnig, wollte ich dem Diebstahl einen weniger würdigen Namen geben als Gemeinwohl. Ich will jetzt gehn und die Fürsten in Bewegung setzen wie Bauern auf dem Schachbrett; das Spiel ist nicht möglich, wenn a l l die Schachfiguren sich wie Könige bewegen wollen!

■

XII.

Inneres des Palastes.

Sudarschana

Geht die Schlacht noch fort?

Surangama

So heftig wie je.

Sudarschana

Ehe er zur Schlacht aufbrach, kam mein Vater zu mir und sagte: „Du bist von einem König fortgelaufen, aber du hast sieben Könige dir nachgezogen; ich habe Lust, dich in sieben Stücke zu schneiden und sie unter die Fürsten zu verteilen." Es wäre gut gewesen, wenn er es getan hätte. — Surangama!

Surangama

Ja?

Sudarschana

Wenn dein König die Macht hätte, mich zu retten, könnte mein jetziger Zustand ihn ungerührt gelassen haben?

Surangama

Meine Königin, warum fragst du mich? Habe ich die Macht, für meinen König zu antworten? Ich weiß, mein Verstand ist nicht hell; darum wage ich nie über ihn zu urteilen.

Sudarschana

Wer ist alles an diesem Kampf beteiligt?

Surangama

Alle sieben Fürsten.

Sudarschana

Sonst keiner?

Surangama

Suvarna machte den Versuch zu entfliehen — insgeheim, ehe der Kampf anfing —, aber Kantschi hat ihn als Gefangenen in seinem Lager verwahrt.

Sudarschana

Oh, ich hätte vor langer Zeit sterben sollen! Aber, o König, mein König, wenn du gekommen wärest und hättest meinem Vater geholfen, dein Ruhm wäre darum nicht geringer! Er wäre strahlender und höher geworden. Bist du ganz gewiß, Surangama, daß er nicht gekommen ist?

Surangama

Ich weiß nichts sicher.

Sudarschana

Aber seit ich hier bin, hatte ich plötzlich manchmal die Empfindung, als ob jemand unter meinem Fenster auf einer Laute spielte.

Surangama

Es wäre nicht undenkbar, daß jemand dort seiner Liebe zur Musik frönt.

Sudarschana

Es ist dort ein dichtes Gebüsch unter meinem Fenster — ich versuche jedesmal, wenn ich die Musik höre, herauszubekommen, wer es ist, aber ich kann nichts deutlich unterscheiden.

Surangama

Vielleicht ruht ein Wanderer im Schatten und spielt auf dem Instrument.

Sudarschana

Es mag sein, aber mein altes Fenster im Palast kommt mir ins Gedächtnis zurück. Ich kam gewöhnlich hin, nachdem ich mich abends umgekleidet hatte, und stand an meinem Fenster, und aus dem blinden Dunkel des lichtlosen Ortes unsrer Begegnungen strömten dann Akkorde und Gesänge und Melodien heraus und tanzten und zitterten in endloser Folge und überfließender Verschwendung, wie die leidenschaftliche Überschwänglichkeit eines unversieglichen Springquells.

Surangama

O tiefes, holdes Dunkel! Geheimnisvolles Dunkel, dessen Dienerin ich war!

Sudarschana

Warum gingst du mit mir fort aus jenem Gemach?

Surangama

Weil ich wußte, er würde uns folgen und uns zurückholen.

Sudarschana

Aber nein, er wird nicht kommen — er hat uns für immer verlassen. Warum sollte er nicht?

Surangama

Wenn er uns dergestalt verlassen kann, dann bedürfen wir seiner nicht. Dann ist er für uns nicht da: dann ist jene dunkle Kammer völlig leer und öde — keine Laute hauchte dort je ihre Musik — niemand rief dich oder mich in jenem Gemach; dann ist alles ein Trug gewesen und ein eitler Traum.

Der Türhüter tritt auf.

Sudarschana

Wer bist du?

Türhüter

Ich bin der Pförtner dieses Palastes.

Sudarschana

Sag mir rasch, was du zu sagen hast.

Türhüter

Unser König ist gefangen genommen worden.

Sudarschana

Gefangen? O Mutter Erde!

Sie wird ohnmächtig.

▪

69

XIII.

Suvarna

Ihr sagt also, daß keine Notwendigkeit irgendeines Kampfes unter euch selbst mehr besteht?

Kantschi

Nein, du brauchst keine Angst zu haben. Ich habe alle Fürsten dazu gebracht, sich einverstanden zu erklären, daß der, den die Königin als Gemahl erwählt, sie bekommen soll, und die andern werden auf jeden weiteren Kampf verzichten.

Suvarna

Doch dann braucht Ihr mich nicht mehr, Euer Hoheit — so flehe ich Euch an: entlaßt mich jetzt. Untauglich wie ich zu allem bin, hat die Furcht vor drohender Gefahr mich entnervt und meinen Verstand betäubt. Es wird Euch daher schwer fallen, mich irgendwie zu verwenden.

Kantschi

Du wirst dasitzen und mir als Schirmträger dienen.

Suvarna

Euer Diener ist zu allem bereit; aber was für einen Nutzen wird Euch das bringen?

Kantschi

Mann, ich sehe, daß dein Verstand zu schwach ist, um mit einem hohen Ehrgeiz zusammenzugehen. Du hast noch nicht bemerkt, mit welcher Gunst die Königin auf dich gesehen hat. Schließlich kann sie in einer Gesellschaft von Fürsten einem Schirmträger nicht gut den Brautkranz um den Nacken legen, und doch, ich weiß, sie wird nicht imstande sein, ihren Sinn von dir abzuwenden. So wird auf jeden Fall dieser Kranz unter den Schatten meines königlichen Schirmes fallen.

Suvarna

Euer Hoheit, Ihr hegt, was mich angeht, gefährliche Phantasien. Ich bitte Euch inständig, verwickelt mich nicht in die Netze so grundloser Vorstellungen. Ich bitte Euer Hoheit ganz demütig, setzt mich in Freiheit.

Kantschi

Sowie mein Ziel erreicht ist, werde ich dir nicht einen Augenblick mehr deine Freiheit vorenthalten. Ist erst der Zweck erreicht, so ist es unnütz, sich mit den Mitteln zu beschweren.

.

XIV.

Sudarschana und Surangama am Fenster.

Sudarschana

Muß ich also in die Versammlung der Fürsten gehn? Gibt es kein anderes Mittel, meines Vaters Leben zu retten?

Surangama

Der König von Kantschi hat es gesagt.

Sudarschana

Sind das Worte, die eines Königs würdig sind? Sagte er das mit seinem eigenen Munde?

Surangama

Nein, sein Bote, Suvarna, brachte die Nachricht.

Sudarschana

Weh, weh über mich!

Surangama

Und er zog ein paar verwelkte Blumen hervor und sagte: „Sag deiner Königin, daß diese Andenken an das Frühlingsfest, je trockener und verwelkter sie werden, um so frischer und blühender in meinem Herzen wachsen."

Sudarschana

Halt ein! Sag mir nichts mehr. Foltre mich nicht länger.

Surangama

Sieh! Da sitzen die Fürsten alle in der großen Versammlung. Der keinen Schmuck an sich hat, außer dem einzigen Blumenkranz um seine Krone — das ist der König von Kantschi. Und der den Schirm über sein Haupt hält und hinter ihm steht — das ist Suvarna.

Sudarschana

Ist das Suvarna? Bist du ganz sicher?

Surangama

Ja, ich kenne ihn gut.

Sudarschana

Ist es möglich, daß das der Mann ist, den ich damals sah? Nein, nein — ich sah etwas, das war gemischt aus Licht und Dunkel, aus Windhauch und Duft — nein, nein, er kann es nicht sein; das ist er nicht.

Surangama

Aber alle geben zu, daß er ausnehmend schön ist.

Sudarschana

Wie konnte *diese* Schönheit mich bezaubern? Oh, was soll ich tun, um meine Augen von der Befleckung zu reinigen?

Surangama

Du wirst sie in jenem unergründlichen Dunkel baden müssen.

Sudarschana

Aber sage mir, Surangama, warum begeht man solche Fehler?

Surangama

Fehler sind nur die Vorspiele zu ihrer eigenen Vernichtung.

Bote (eintretend)

Prinzessin, die Könige warten in der Halle auf Euch.

Ab.

Sudarschana

Surangama, bring mir den Schleier. (Surangama geht hinaus.) O König, mein einziger König! Du hast mich allein gelassen, und du hast ganz recht daran getan. Aber willst du nicht die innerste Wahrheit meiner Seele erfahren?

Sie holt einen Dolch aus ihrem Busen hervor.

Dieser mein Leib hat einen Flecken bekommen — ich werde ihn heute im Staub der Halle, vor all diesen Fürsten, zum Opfer bringen! Aber werde ich dir nie sagen können, daß die geheime Kammer meines Herzens durch keine Treulosigkeit befleckt ist? Die dunkle Kammer, wo du mich zu besuchen pflegtest, liegt heute kalt und leer in meinem Busen — doch, o mein Herr! keiner hat ihre Tore geöffnet, keiner ist in sie eingegangen als du, o König! Wirst du nie mehr kommen, um diese Tore zu öffnen? Dann laß den Tod kommen, denn er ist dunkel wie du, und seine Züge sind schön wie deine. Er ist du — du bist es selbst, o König!

■

XV.

Vidarbha

König von Kantschi, wie kommt es, daß du nicht ein einziges Schmuckstück an dir hast?

Kantschi

Weil ich gar keine Hoffnungen hege, mein Freund. Schmuckstücke würden die Schmach meiner Niederlage nur verdoppeln.

Kalinga

Aber dein Schirmträger scheint sich dafür ausstaffiert zu haben — er ist über und über mit Gold und Edelsteinen beladen.

Virat

Der König von Kantschi will die Nutzlosigkeit und Minderwertigkeit äußerer Schönheit und Pracht dartun. Die Eitelkeit auf seine Mannestugenden hat ihn vermocht, alle äußeren Verschönerungen von seinen Gliedern zu entfernen.

Koschala

Ich verstehe seine List schon; er sucht seine eigene Würde zu zeigen, indem er unter den mit Edelsteinen übersäten Fürsten eine strenge Einfachheit betont.

Pantschala

Ich kann seine Klugheit in dieser Sache nicht rühmen. Alle Welt weiß, daß die Augen eines Weibes wie eine Motte sind, sie stürzen Hals über Kopf auf das Gefunkel und Geglitzer von Gold und Steinen.

Kalinga

Aber wie lange sollen wir noch warten?

Kantschi

Werde nicht ungeduldig, König von Kalinga — je später die Ernte, desto süßer die Frucht.

Kalinga

Wäre ich der Frucht sicher, so könnte ich es aushalten. Weil jedoch meine Hoffnung, die Frucht zu schmecken, äußerst zweifelhaft ist, will sich meine

Begier, ihren Anblick zu genießen, nicht zügeln lassen.

Kantschi

Aber du bist noch jung — aufgegebene Hoffnung kommt in deinen Jahren wieder und wieder zu dir zurück wie ein schamloses Weib: wir indessen haben diese Stufe lange hinter uns.

Koschala

Kantschi, spürtest du nicht jetzt eben etwas, als ob jemand an deinem Sessel rüttelte? Ist es ein Erdbeben?

Kantschi

Erdbeben? Ich weiß nichts davon.

Vidarbha

Oder vielleicht zieht noch ein Fürst mit seinen Bewaffneten daher.

Kalinga

Es spricht nichts gegen deine Vermutung, nur hätten wir dann vorher die Nachricht erst von einem Herold oder Boten vernehmen müssen.

Vidarbha

Ich kann dies nicht für ein Zeichen guter Vorbedeutung nehmen.

Kantschi

Dem Auge der Furcht sieht alles wie schlechte Vorbedeutung aus.

Vidarbha

Ich fürchte keinen außer dem Schicksal, vor dem Tapferkeit oder Heldenmut so unnütz wie sinnlos ist.

Pantschala

Vidarbha, wirf mit deinen unangenehmen Voraussagungen nicht einen Schatten auf die glücklichen Geschehnisse dieses Tages!

Kantschi

Ich ziehe nie das Unsichtbare in Rechnung, bis es sichtbar geworden ist.

Vidarbha

Aber dann könnte es zu spät sein, etwas zu tun.

Pantschala

Sind wir nicht alle in einem besonders verheißungsvollen Augenblick ans

Werk gegangen!?

Vidarbha

Glaubst du dadurch, daß du in verheißungsvollen Augenblicken ans Werk gehst, gegen jede mögliche Gefahr versichert zu sein? Es sieht aus, als ob —

Kantschi

Du würdest besser das „Als ob" zu Hause lassen: es ist zwar unsre eigene Schöpfung, erweist sich aber oft als unser Verderben und Untergang.

Kalinga

Ist da nicht Musik irgendwo draußen?

Pantschala

Ja, es klingt wirklich wie Musik.

Kantschi

Dann muß es endlich die Königin Sudarschana sein, die naht. (Beiseite zu Suvarna.) Suvarna, du mußt dich nicht so hinter mir ducken und dich verstecken. Gib acht, der Schirm in deiner Hand zittert ja!

Großvater tritt ein, in kriegerischer Rüstung.

Kalinga

Wer ist das? — Wer bist du?

Pantschala

Wer ist es, der wagt, uneingeladen in diese Halle zu treten?

Virat

Unerhörte Frechheit! Kalinga, hindre doch den Kerl, näher heranzukommen.

Kalinga

Ihr seid alle älter als ich — ihr seid berufener das zu tun, als ich.

Vidarbha

Wir wollen hören, was er zu sagen hat.

Großvater

Der *König* ist gekommen.

Vidarbha (aufspringend)

Der König?

Pantschala

76

Welcher König?

Kalinga

Woher kommt er?

Großvater

Mein König!

Virat

Dein König?

Kalinga

Wer ist das?

Koschala

Was meinst du?

Großvater

Ihr wißt alle, wen ich meine. Er ist gekommen.

Vidarbha

Er ist gekommen?

Koschala

In welcher Absicht?

Großvater

Er ladet euch alle vor sich.

Kantschi

Ladet uns vor, wahrhaftig? Und in welcher Form hat es ihm beliebt, uns vorzuladen?

Großvater

Ihr könnt seinen Ruf auf jede Art nehmen, ganz nach Belieben — niemand wird euch hindern — er ist auf jede Art der Begrüßung gerüstet, um jedem Geschmack zu genügen.

Aber wer bist du?   Ich bin einer seiner Generale.

V

i

r

a

t

G

r

o

ß

v

a

t

e

r

Kantschi

General! Eine Lüge ist es! Denkst du, uns zu schrecken? Bildest du dir ein, ich könnte nicht durch deine Verkleidung hindurchsehen? Wir kennen dich alle gut — und du spielst dich vor uns als „General" auf!

Großvater

Du hast mich ganz richtig erkannt. Wer ist so unwürdig wie ich, Träger der Befehle meines Königs zu sein? Und doch ist er es, der mich mit dieser Generalsrüstung bekleidet und hierher gesandt hat; er hat mich vor größeren Generalen und mächtigeren Kriegern erwählt.

Kantschi

Schon gut, wir werden bei geeigneter Gelegenheit kommen und bezeigen, was Schicklichkeit und Freundwilligkeit erfordern — aber gegenwärtig sind wir mitten in einem dringenden Geschäft. Er wird warten müssen, bis diese kleine Angelegenheit erledigt ist.

Großvater

Wenn er seinen Ruf ergehen läßt, wartet er nicht.

Koschala

Ich gehorche seinem Ruf; ich gehe sofort.

Vidarbha

Kantschi, ich kann deinem Vorschlag, zu warten, bis diese Angelegenheit erledigt ist, nicht zustimmen. Ich gehe.

Kalinga

Ihr seid älter als ich — ich folge euch.

Pantschala

Sieh hinter dich, Fürst von Kantschi, dein königlicher Schirm liegt im Staub: du hast nicht beachtet, wie dein Schirmträger sich fortgestohlen hat.

Kantschi

Wohlan, General. Auch ich gehe — aber nicht, um ihm Huldigung zu leisten. Ich gehe, auf dem Schlachtfeld mit ihm zu kämpfen.

Großvater

Du wirst meinen König auf dem Schlachtfeld treffen: das ist kein unwürdiger Platz für deinen Empfang.

Virat

Gebt acht, Freunde, vielleicht fliehen wir alle vor einem Schreckgespenst —
es sieht so aus, als ob der König von Kantschi den Vorteil davon haben sollte.

Pantschala

Kann sein, wenn die Frucht so nahe winkt, ist es feige und töricht,
fortzugehen, ohne sie zu pflücken.

Kalinga

Es ist besser, sich dem König von Kantschi anzuschließen. Er muß einen
bestimmten Plan und Zweck haben, wenn er soviel wagt.

.

XVI.

Sudarschana und Surangama.

Sudarschana

Der Kampf ist nun aus. Wann wird der König kommen?

Surangama

Ich weiß es selbst nicht: ich sehe auch seinem Kommen entgegen.

Sudarschana

Mein Herz pocht so wild vor Freude, Surangama, daß mir die Brust tatsächlich weh tut. Aber ich sterbe auch fast vor Scham; wie soll ich ihm mein Gesicht zeigen?

Surangama

Geh zu ihm in äußerster Demut und Entsagung, und alle Scham wird im Nu verschwinden.

Sudarschana

Ich muß nun schon bekennen, daß ich die äußerste Demütigung für mein ganzes übriges Leben gefunden habe. Aber der Stolz war schuld, daß ich so lange den größten Anteil an seiner Liebe begehrte. Alle Welt sagte immer, ich besäße eine so wunderbare Schönheit, solche Reize und Tugenden; alle Welt sagte immer, der König zeigte unbegrenzte Güte gegen mich — das macht es für mich so schwer, mein Herz in Demut vor ihm zu beugen.

Surangama

Diese Schwierigkeit, meine Königin, wird vergehen.

Sudarschana

O ja, sie wird vergehen — der Tag ist für mich gekommen, mich vor der ganzen Welt zu demütigen. Aber warum kommt der König nicht, mich zurückzuholen? Worauf wartet er noch?

Surangama

Habe ich dir nicht gesagt, daß mein König grausam und hart ist — sehr hart fürwahr?

Sudarschana

Geh, Surangama, und bring' mir Nachricht von ihm.

Surangama

Ich weiß nicht, wohin ich gehen sollte, um etwas von ihm zu erfahren. Ich habe Großvater gebeten, zu kommen; vielleicht hören wir, wenn er kommt, etwas von ihm.

Sudarschana

Ach, mein böses Geschick! Es ist so weit mit mir gekommen, daß ich andre fragen muß, um etwas von meinem eignen König zu hören!

Großvater tritt ein.

Sudarschana

Ich habe gehört, daß du der Freund meines Königs bist, so laß mich dir Ehrfurcht bezeugen und gib mir deinen Segen.

Großvater

Was tust du, Königin? Ich nehme nie Ehrfurchtsbezeugungen an. Ich will nichts weiter als jedermanns Kamerad sein.

Sudarschana

So schenk mir denn ein freundlich Lächeln — gib mir gute Kunde. Sag mir, wann der König kommt, mich zurückzuholen.

Großvater

Du fragst mich eine schwere Frage, fürwahr! Ich verstehe noch kaum die Wege meines Freundes. Die Schlacht ist geschlagen, aber niemand kann sagen, wohin er gegangen ist.

Sudarschana

Ist er denn fortgegangen?

Großvater

Ich kann hier keine Spur von ihm finden.

Sudarschana

Ist er gegangen? Und nennst du solch einen deinen Freund?

Großvater

Deshalb schmähen und verdächtigen ihn die Leute. Aber mein König kümmert sich einfach nicht im geringsten darum.

Sudarschana

Ist er fortgegangen? Oh, oh, wie hart, wie grausam, wie grausam! Er ist aus

Stein, er ist hart wie Diamant! Ich versuchte, ihn mit meinem Herzen zu bewegen — es ist zerrissen und blutet — aber ihn konnte ich nicht einen Zoll bewegen! Großvater, sag mir, wie kannst du mit solch einem Freund auskommen?

Großvater

Ich kenne ihn nun — ich habe ihn in meinen Leiden und Freuden kennengelernt — er kann mich nicht mehr zum Weinen bringen.

Sudarschana

Wird er sich mir nicht auch zu erkennen geben?

Großvater

Gewiß wird er das, natürlich. Er wird nicht eher ruhen.

Sudarschana

Wohlan denn, ich werde sehen, wie hart er sein kann! Ich werde hier am Fenster stehen, ohne ein Wort zu sagen; ich werde mich nicht einen Zoll von der Stelle rühren; ich will sehen, ob er nicht kommt!

Großvater

Du bist noch jung — du kannst es dir leisten, auf ihn zu warten; aber für mich alten Mann ist der Verlust eines Augenblicks eine Woche. Ich muß hinaus, ihn zu suchen, ob ich ihn finde oder nicht.

Ab.

Sudarschana

Ich brauche ihn nicht — ich will ihn nicht suchen! Surangama, ich bedarf deines Königs nicht! Warum kämpfte er mit den Fürsten? Geschah es überhaupt für mich? Wollte er sein Heldentum und seine Stärke zur Schau stellen? Geh fort von hier — ich kann deinen Anblick nicht ertragen. Er hat mich in den Staub erniedrigt und ist noch nicht zufrieden!

∎

XVII.

Eine Schar von Bürgern.

Erster Bürger

Als so viele Könige zusammentrafen, dachten wir, es würde eine rechte Kurzweil für uns geben; aber irgendwie nahm alles eine solche Wendung, daß niemand weiß, was überhaupt geschehen ist!

Zweiter Bürger

Saht ihr nicht, daß sie untereinander zu keiner Verständigung kommen konnten? — jeder mißtraute dem andern.

Dritter Bürger

Keiner hielt sich an ihre ursprünglichen Pläne; einer wollte vorrücken, ein anderer hielt den Rückzug für die bessere Politik; einige wandten sich nach rechts, andere liefen Sturm nach links: wie kann man das eine Schlacht heißen?

Erster Bürger

Sie hatten keinen Sinn für wirklichen Kampf — jeder hatte seine Augen auf den andern.

Zweiter Bürger

Jeder dachte: „Warum sollte ich sterben, um es den andern zu ermöglichen, die Ernte einzuheimsen?"

Dritter Bürger

Aber ihr müßt alle zugeben: Kantschi kämpfte wie ein wirklicher Held.

Erster Bürger

Er schien noch lange, nachdem er geschlagen war, nicht gewillt, seine Niederlage anzuerkennen.

Zweiter Bürger

Zuletzt wurde ihm von einem tödlichen Wurfgeschoß die Brust durchbohrt.

Dritter Bürger

Aber vorher schien er nicht gewahren zu wollen, daß er bei jedem Schritt Boden verloren hatte.

Erster Bürger

Die andern Könige aber — nun, keiner weiß, wohin sie geflohen sind; den armen Kantschi ließen sie allein auf dem Feld.

Zweiter Bürger

Aber ich habe gehört, er sei noch nicht tot.

Dritter Bürger

Nein, die Ärzte haben ihn gerettet — aber er wird den Stempel seiner Niederlage bis zum Tag seines Todes auf der Brust tragen.

Erster Bürger

Keiner von den andern Königen, die flohen, ist entkommen; sie sind alle gefangengenommen worden. Aber was ist das für eine Sorte Justiz, die an ihnen geübt wurde?

Zweiter Bürger

Ich habe gehört, daß jeder bestraft wurde, mit Ausnahme von Kantschi, dem der Richter auf dem Thron der Gerechtigkeit den Platz zu seiner Rechten anwies und ihm eine Krone aufs Haupt setzte.

Dritter Bürger

So etwas Unfaßbares ist noch nicht dagewesen.

Zweiter Bürger

Diese Sorte Justiz, frei herausgesagt, kommt uns launisch und grillenhaft vor.

Erster Bürger

So ist es. Der größte Sünder ist ganz gewiß der König von Kantschi; die andern trieb einmal Gewinngier vorwärts, und das andre Mal zog sie die Furcht zurück.

Dritter Bürger

Was für eine Sorte Justiz ist das, frage ich? Es ist, wie wenn der Tiger ungestraft davonkäme, während sein Schwanz abgeschnitten würde.

Zweiter Bürger

Wenn ich der Richter wäre, glaubt ihr, Kantschi liefe zur Stunde heil und gesund herum? Nicht das geringste wäre mehr von ihm übrig.

Dritter Bürger

Das sind große Oberrichter, Freunde; ihre Gehirne haben ein andres Gepräge wie unsre.

Erster Bürger

Haben sie überhaupt ein Hirn, möcht' ich wissen? Sie frönen einfach ihren Launen, da keiner über ihnen ist, der ihnen etwas sagen dürfte.

Zweiter Bürger

Ihr könnt sagen, was ihr wollt, wenn die Regierungsgewalt in unsern Händen wäre, hätten wir sicher die Regierung besser geführt als so.

Dritter Bürger

Kann darüber überhaupt noch Zweifel bestehen? Das versteht sich natürlich von selbst.

XVIII.

Großvater

Wie, Fürst von Kantschi, du hier?

Kantschi

Dein König hat mich auf die Straße geschickt.

Großvater

Das ist eine stehende Gewohnheit bei ihm.

Kantschi

Und nun kann niemand eine Spur von ihm erblicken.

Großvater

Auch das gehört zu seinen Vergnügungen.

Kantschi

Aber wie lange will er mir noch so ausweichen? Als nichts mich dazu bringen konnte, ihn als meinen König anzuerkennen, kam er plötzlich daher wie ein schrecklich gewaltiger Sturm — Gott weiß, woher — und zersprengte meine Leute und Pferde und Banner in einen einzigen wilden Aufruhr: nun aber, wo ich die Grenzen der Erde absuche, um ihm meine demütige Huldigung zu erweisen, ist er nirgends zu sehen.

Großvater

Aber wie groß er als König auch sein mag, er hat sich dem zu fügen, der sich unterwirft. Aber warum bist du bei Nacht hinausgewandert, Fürst?

Kantschi

Ich kann ein geheimes Gefühl der Angst noch nicht loswerden, die Leute könnten mich auslachen, wenn sie sehen, wie ich euerm König demütig meine Huldigung darbringe und meine Niederlagen anerkenne.

Großvater

So sind die Leute in der Tat. Was andre zu Tränen rühren würde, dient nur dazu, ihr leeres Lachen hervorzurufen.

Kantschi

Aber du bist auch auf der Straße, Großvater.

Großvater

Ich bin auf der fröhlichen Pilgerfahrt zu dem Land, wo man alles verliert.

Gesang des Großvaters

Ich warte mit all meiner Habe in Hoffnung, sie all zu verlieren.

Ich laure am Straßenrand auf den, der einen hinaus auf die Straße schickt,

Der sich verbirgt und sieht, der ohne dein Wissen dich liebt,

Ich hab ihm in heimlicher Liebe mein Herz gegeben,

Ich warte in Hoffnung mit all meiner Habe, sie all zu verlieren.

.

XIX.

Eine Straße. Sudarschana und Surangama.

Sudarschana

Welche Erlösung, Surangama, welche Freiheit! Meine Niederlage ist es, die mir die Freiheit gebracht hat. Oh, was besaß ich für einen ehernen Stolz! Nichts konnte ihn rühren oder erweichen. Mein verfinsterter Geist konnte auf keine Weise dazu gebracht werden, die schlichte Wahrheit zu sehen, daß nicht der König zu kommen hatte, sondern daß ich zu ihm gehen sollte. Die ganze Nacht hindurch gestern lag ich allein im Staub auf dem Boden am Fenster — lag da trostlose Stunden lang und weinte! Die ganze Nacht bliesen die Südwinde und schrien und stöhnten wie die Qual, die an meinem Herzen nagte; und immer hindurch hörte ich das klagende: „Sprich, Weib!" des Nachtvogels, das in dem Aufruhr draußen als Echo tönte!... Es war das hilflose Wehklagen der dunklen Nacht, Surangama!

Surangama

Die schwere melancholische Weise der letzten Nacht schien eine Ewigkeit forttönen zu wollen — oh, welch trübe düstere Nacht!

Sudarschana

Aber willst du es glauben — mir war, ich hörte die sanften Akkorde der Laute durch all den wilden Lärm und Aufruhr strömen! Konnte er so süße und zarte Weisen spielen, er, der so grausam und schrecklich ist? Die Welt kennt nur meine Entwürdigung und Schmach — aber keiner als mein eigenes Herz konnte diese Akkorde hören, die durch die einsame und klagende Nacht hin nach mir riefen. Hörtest du, Surangama, diese Laute auch? Oder war das nur ein Traum von mir?

Surangama

Aber eben um die Musik dieser Laute zu hören, bin ich ja immer an deiner Seite. Auf diesen Ruf der Musik, von dem ich wußte, er würde eines Tages kommen und all die Schranken der Liebe zunichte machen, habe ich mit gespanntem Ohr all die Zeit her gelauscht.

Sudarschana

Schließlich schickte er mich auf die Landstraße — ich konnte seinem Willen nicht widerstehen. Wenn ich ihn finde, werden die ersten Worte sein, die ich ihm sage: „Ich bin freiwillig gekommen — ich habe nicht abgewartet, bis du kamst." Ich werde sagen: „Um deinetwillen bin ich die harten beschwerlichen

Straßen gewandert, und bitter und unaufhörlich war auf dem ganzen Weg mein Weinen." Ich werde wenigstens diesen Stolz in mir haben, wenn ich zu ihm komme.

Surangama

Aber selbst dieser Stolz wird nicht dauern. Er kam vor dir — wer sonst hätte dich auf die Straße schicken können?

Sudarschana

Vielleicht ist es so. Solange noch ein Gefühl gekränkten Stolzes in mir war, mußte ich glauben, er hätte mich für immer verlassen; aber als ich meine Würde und meinen Stolz in die Winde schleuderte und auf die gemeinen Straßen hinausging, da schien es mir, als wäre auch er herausgekommen: ich habe angefangen, ihn zu finden, seit ich auf der Straße bin. Ich fürchte nun nichts mehr. All diese Leiden, durch die ich um seinetwillen hindurchgegangen bin, gerade die Bitterkeit all dieser Leiden bringt ihn zu mir. Ach ja, er ist gekommen, er hat mich bei der Hand genommen, gerade wie er es in jener Kammer der Dunkelheit gern tat, wo bei seiner Berührung all mein ganzer Leib in plötzlicher Wonne erbebte: es ist dieselbe, dieselbe Berührung wieder! Wer sagt, er sei nicht hier? — Surangama, kannst du nicht sehen, daß er gekommen ist, schweigend und insgeheim?... Wer ist jener dort? Sieh, Surangama, dort ist ein dritter Wanderer auf dieser dunklen Straße zu dieser nächtlichen Stunde.

Surangama

Ich sehe, es ist der König von Kantschi, meine Königin.

Sudarschana

Der König von Kantschi!

Surangama

Fürchte dich nicht, meine Königin!

Sudarschana

Fürchten! Warum sollte ich mich fürchten? Die Tage der Furcht sind für mich für immer vorbei.

Kantschi (tritt auf)

Mütterchen Königin, ich sehe euch beide auf dieser Straße! Ich bin ein Wanderer auf demselben Weg wie du. Habe keine Furcht vor mir, o Königin!

Sudarschana

Es ist gut, König von Kantschi, daß wir zusammen gehen, Seite an Seite —

91

das ist nur in Ordnung. Ich kam dir in den Weg, als ich zuerst mein Heim verließ, und nun begegne ich dir wieder auf dem Rückweg. Wer hätte sich träumen lassen, daß diese unsre Begegnung voll so guter Verheißung war?

Kantschi

Aber, Mütterchen Königin, es gebührt sich nicht, daß du zu Fuß über diese Straße wanderst. Willst du mir gestatten, einen Wagen für dich zu besorgen?

Sudarschana

Oh, sage das nicht: ich wäre nie wieder glücklich, wenn ich nicht auf meinem Rückweg nach Hause auf den Staub der Straße treten könnte, die mich von meinem König weggeführt hat. Ich würde mich selbst betrügen, wenn ich jetzt in einem Wagen fahren würde.

Surangama

König, auch du wanderst heute im Staub: diese Straße hat niemals einen gekannt, der Pferd oder Wagen über sie gelenkt hätte.

Sudarschana

Als ich die Königin war, schritt ich auf Silber und Gold — ich habe nun für das Unglück meiner königlichen Geburt zu büßen, indem ich auf Staub und nackter Erde wandre. Ich hätte mir nicht träumen lassen, daß ich heute bei jedem meiner Schritte im gemeinen Staub der Erde meinen König finden würde.

Surangama

Sieh, meine Königin, dort im Osten dämmert der Morgen. Wir haben nicht mehr lange zu wandern: ich sehe die Spitzen der goldenen Türme des Königspalastes.

Der Großvater tritt auf.

Großvater

Mein Kind, es tagt — endlich!

Sudarschana

Du hast mir deinen Segen zum Geleit gegeben, und hier bin ich nun.

Großvater

Aber siehst du, was für schlechte Manieren unser König hat? Er hat keinen Wagen geschickt, keine Musik, nichts von Glanz und Pracht.

Sudarschana

Nichts von Pracht, sagst du? Sieh hin, der Himmel ist rosig und purpurn über und über, und die Luft ist voll von dem Willkommgruß der Blumendüfte.

Großvater

Ja, aber so grausam unser König sein mag, dürfen wir doch nicht suchen, mit ihm zu wetteifern: ich kann mich des Schmerzes nicht erwehren, wenn ich dich in diesem Zustand sehe, mein Kind. Wie können wir ertragen, dich in dieses arme zerlumpte Gewand gekleidet in den Königspalast eingehn zu sehen? Warte etwas — ich laufe und hole dir deine Königsgewänder.

Sudarschana

O nein, nein, nein! Er hat diese Königskleider für immer von mir genommen — er hat mich vor den Augen der ganzen Welt in das Kleid einer Magd gekleidet: welche Erlösung ist das für mich gewesen! Ich bin nun seine Magd, nicht länger seine Königin. Heute stehe ich tiefer als alle die, die irgendeine Verwandtschaft mit ihm beanspruchen können.

Großvater

Aber deine Feinde werden nun über dich lachen: wie kannst du ihren Spott ertragen?

Sudarschana

Laß ihr Gelächter und ihren Spott unauslöschlich sein — laß sie auf den Straßen Staub nach mir werfen: dieser Staub wird heute der Puder sein, mit dem ich mich schmücken will, ehe ich meinem Herrn entgegentrete.

Großvater

Danach habe ich nichts mehr zu sagen. Nun wollen wir das letzte Spiel unsres Frühlingsfestes spielen — anstatt mit Blütenstaub soll der Südwind alles mit dem Staub der Demut überschütten! Wir werden zum Herrn gehen, gekleidet in das gemeine Grau des Staubes. Und wir werden auch ihn über und über mit Staub bedeckt finden. Denn, meint ihr, die Leute schonen ihn? Selbst er kann ihren schmutzigen und staubigen Händen nicht entgehen, und er denkt nicht einmal daran, den Schmutz von seinen Kleidern zu bürsten.

Kantschi

Großvater, vergiß mich nicht in deinem Spiel! Ich will auch dies mein Königsgewand beschmutzen lassen, bis es nicht mehr zu erkennen ist.

Großvater

Das wird nicht viel Zeit brauchen, mein Bruder. Nun du so tief heruntergekommen bist, wirst du deine Farbe in kürzester Frist wechseln. Sieh nur unsre Königin an — sie geriet in Zorn gegen sich selbst und dachte, sie könnte ihre unvergleichliche Schönheit zerstören, indem sie all ihren

Schmuck wegwarf: aber diese Beleidigung ihrer Schönheit ließ sie in zehnfachem Glanz erstrahlen, und nun ist sie in dieser Schmucklosigkeit zur Vollendung gelangt. Unser König selbst ist gestaltlos und ohne Schönheit, darum liebt er sie in seinen mannigfachen Erscheinungen als seinen höchsten Schmuck. Und diese Schönheit hat heute den Schleier von Stolz und Eitelkeit abgetan! Was gäbe ich nicht darum, wenn ich die wunderbare Musik und den Gesang hören dürfte, der heute meines Königs Palast erfüllt!

Surangama

Seht, dort geht die Sonne auf!

XX.

Sudarschana

Herr, gib mir die Ehre nicht zurück, die du mir einmal genommen hast! Ich bin die Magd deiner Füße — ich suche kein andres Vorrecht, als dir zu dienen.

König

Wirst du jetzt imstande sein, mich zu ertragen?

Sudarschana

O ja, ja, das werde ich. Dein Anblick stieß mich zurück, weil ich dich im Lustgarten, in meinen fürstlichen Gemächern gesucht hatte: da sieht noch dein geringster Diener gefälliger aus als du. Dieses Fieber des Verlangens hat meine Augen für immer verlassen. Du bist nicht schön, o Herr — du stehst über allem Vergleich!

König

Was mit mir vergleichbar ist, liegt in dir selbst.

Sudarschana

Wenn es so ist, dann ist auch das unvergleichlich. Deine Liebe lebt in mir — du wirst gespiegelt in dieser Liebe, und du siehst dein Antlitz abgebildet in mir: nichts davon mein, es ist alles dein, o Herr!

König

Ich öffne heute die Tür dieser dunklen Kammer — das Spiel hier ist zu Ende! Komm, komm jetzt mit mir, komm hinaus — *ins Licht!*

Sudarschana

Ehe ich gehe, laß mich dir zu Füßen mich beugen, o Herr des Dunkels, du Grausamer, Furchtbarer, Unvergleichlicher!

E N D E

[A] Während des indischen Frühlingsfestes bewirft man sich gegenseitig mit rotem Puder. In diesem Stück wird der rote Puder als Symbol der Liebesleidenschaft genommen.